新潮文庫

左手首

黒川博行著

新潮社版

7619

目次

内会 ……… 七
徒花 ……… 四一
左手首 ……… 七五
淡雪 ……… 一二三
帳尻 ……… 一五八
解体 ……… 二二三
冬桜 ……… 二七〇

解説 権田萬治

左手首

内《ない》会《がい》

1

西区立売堀《いたちぼり》、中央大通りからあみだ池筋に入った。ひとつめの信号を左折して、阿《あ》波座《わざ》東公園の脇《わき》にクラウンを停める。公園の隣、低いフェンスをめぐらせた月極駐車場に人影はなかった。

「車、あるな」エンジンをとめて、小さくいった。

「ある。右の奥や」

慎一が指をさす。薄暗い蛍光灯の下、白いスカイラインGTRがこちらに尻《しり》を向けていた。

おれはインパネの時計を見た。午前二時二十分——。

フロントシートの下からステンレスの〝定規〟を抜き出した。ベルトにプライヤーを差して、車を降りる。Ｔシャツとトレーナーのあいだに定規を隠した。いざというときにそなえて、慎一が運転席に乗り移る。

後ろからタクシーが来た。やりすごして、駐車場に入る。まっすぐＧＴＲのところまで行って、もう一度あたりを見まわしてから、定規をとり出した。定規の長さは六十センチ、先端にＵ字型の切り欠きを入れて〝釣り針〟のような形にし、ドアロック・ステーを引っかけるようにしている。

サイドウインドーのガラスとウェザーストリップの隙間《すきま》に定規を差し込んだ。先端をしゃくるようにして、少しずつドアハンドルのほうへずらしていく。釣り針の部分に手《て》応《ごた》えがあって、ステーがひっかかった。定規を引き上げると、カチリと音がして、ロックボタンが上がった。このあいだ約二十秒、国産車の大半は盗難に対して、ほとんど無防備といっていい。

定規を抜き、ドアを開けた。フロントシート横のトランクオープナーレバーを引く。リアにまわってトランクリッドを上げた。リッドの裏にあるキーボックスのノックピンをプライヤーではさみ、引き抜いた。キーボックスがはずれて落ちるのを左手で受けとめる。

トランクリッドを閉め、定規とプライヤー、キーボックスをトレーナーに隠して、駐車場を出た。クラウンのところにもどって、助手席に乗り込む。

「早かったな」慎一がいう。

「でもない。一分以上、かかった」

キーボックスを慎一に渡した。慎一はスカイラインの〝生キー〟をキーボックスの鍵穴《かぎあな》に差して、こじる。生キーにはあらかじめ油性のインクが塗ってあり、シリンダー内部のコッターピンがキーに擦《こす》れて、インクが剝《は》げる。その剝げたところをヤスリで削っていくと、キーのコピーが完成する。アメリカのB級アクション映画のように、イグニッションキーボックスの結線をはずしてスパークさせ、エンジンを始動させる手口は、実際にはない。イグニッションキーボックスの壊れた車はひと目で盗難車だとバレて、売り物にならないのだ。

慎一はキーを何度も抜き差ししながら、ヤスリで削っていく。慣れた手つき、指先に眼があるような感覚で、GTRのキーならせいぜい十分で作り終える。慎一は鳥取の工業高校を中退し、先輩の勤めている自動車整備工場に出入りして、この技を覚えたという。それを暴走族の仲間に見込まれて、十七のときから車を盗みはじめ、半年後には警察に検挙されて少年院送りになった。出所して大阪へ出てきてからも自動車盗から足が洗えず、新煌《しんこう》モータースの大垣のところへ車を売りにきて、おれと知り合った。おれが慎一と組んでから、そろそろ一年になる。

「できた……」慎一はフロントウインドー越しの街灯の明かりにキーをかざした。

「よし」慎一の手からキーをつまみとった。「昼すぎ。新煌で」

いいおいて、車外に出た。エンジンがかかって、クラウンは走り去る。テールランプが四つ角の向こうに消えるのを待って、おれは歩きだした。

駐車場に入り、ＧＴＲに乗り込んだ。キーを差して、ひねる。ツインカムターボ、二・六リッターのエンジンが咆哮《ほうこう》した。オドメーターは１８０２０キロ、燃料計は満タン。ヘッドライトを点《つ》け、ギアをリバースに入れてバックする。切り返して、ひとつ空吹かしをし、タイヤを軋《きし》ませて駐車場を出た。

2

なにかにうなされて眼が覚めた。わるい夢を見ていたらしい。カーテンの隙間から射《さ》し込んだ光が顔にあたっている。寝る前に飲んだ焼酎《しょうちゅう》のせいか、頭の芯《しん》が痛い。吐き気もする。夢の内容を思い出そうとしたが、もやもやっとして分からない。隣のバーテンの部屋からラップが聞こえる。壁の時計は十二時半を指していた。横を向いて手を伸ばし、薬罐《やかん》を引き寄せた。口をつけて水を飲む。しばらくじっとしていると、吐き気が薄らいだ。

炬燵《こたつ》から這《は》い出した。押入れの前に脱ぎ散らかしたジーンズのポケットを探って煙草《たばこ》を出す。一本しか残っていないのをくわえて、吸いつけた。

壁にもたれたまま、ジーンズに脚を通してボタンをとめた。トレーナーと靴下を引き寄せる。靴下は裏返して穿《は》いた。

ビールの空き缶に煙草を捨てて立ち上がった。GTRのキーは下駄箱《げたばこ》の上にある。キーをポケットに入れ、ワークブーツを履いて外廊下に出た。

「やかましいぞ、こら」バーテンの部屋のドアを蹴《け》り、アパートの階段を降りた。

GTRはアパートから五百メートルほど離れた木津川の堤防沿いに駐《と》めてある。夜のうちにナンバープレートをつけ換えたから、盗難手配はされていても足がつくことはない。バス通りのマクドナルドでハンバーガーを買い、食いながら堤防まで歩いた。

四三号線に上がって、此花《このはな》、西淀川《にしよどがわ》を抜け、尼崎で下りた。蓬川《よもがわ》の手前の交差点を右折する。ガソリンスタンドの角を左に曲がった三軒めの薄汚い中古車ディーラーが新煌モータースだ。おれは展示場の奥の整備工場まで突っ込んで、GTRを駐めた。

プレハブの事務所から大垣が出てきて、さも不機嫌そうにこちらを見た。樽《たる》のように肥《ふと》った身体《からだ》を揺するようにして工場へ入ってくる。

「なんや、おい、小傷が多いな」

大垣はGTRのフェンダーをなでて値踏みをする。「ツヤもないがな」

「あほぬかせ。登録は99年。走行一万八千の新車やで」

おれはキーを抜いて、車を降りた。「六十はもらわんとな」

「ええとこ三十や。それ以上は出せん」

「へっ、五百万の車がたったの三十かい。寝言は寝てからにしたれや」

キーを大垣の鼻先でぶらぶらさせた。「なにも、あんたに売らんでも、持って行くとこはあるんやで」

「ほな、他所《よそ》へ行かんかい。わしはかまへんで」

「足もと見るな。五十や」

「しゃあない、四十にしたろ」

「くそったれ」キーを放った。

大垣は車のシャシーナンバーを付け替えて、それを売る。GTRのシャシーナンバーはエンジンルーム最奥部《さいおうぶ》のフレームに刻印されており、刻印の部分を大きめに切り取って、同じGTRの事故車（盗難車ではない）から切り取ったシャシーナンバーを溶接する。溶接痕《こん》をきれいに均《なら》し、塗装をすれば、その車は〝戸籍〟が変わる。この手口を業界では〝目抜き〟といい、目抜きの車は事故車の車検証とナンバープレートをつけて正規の市場（オークションや中古車ディーラー）に流され、なにも知らないユーザーに販売される。

大垣はセルシオとGTR専門の目抜き屋で、いつも数台分のシャシーナンバーのストックを持っている。シャシーナンバーと車検証は事故で廃車になった車を買ってくれば手に入れられるが、特にGTRの場合は、刻印に損傷がなければ、スクラップ同然の車に三十から四十万の闇値《やみね》がつくという。

大垣の稼ぎは大きい。シャシーナンバーに三十万と、盗《と》り屋のおれに四十万。99年のGTRをオークションに出せば、捨て値でも三百五十万になるから、差し引き二百八十万の金が懐《ふところ》にころがり込むことになる。たった四十万と二百八十万——、おれは何度も大垣に文句をいったが、蛙《かえる》のツラに小便だった。『きっちりした目抜きができて、車を売るルートがおまえにあるんなら、いつでも代わったるぞ』大垣にそういわれると、捨てぜりふを吐きながら端金《はしたがね》を受け取らざるをえない。警察に挙げられたときのリスクは、大垣のほうが何倍も大きいのだ。

「ほら、プレートは自分で外せよ」

大垣は柱のスイッチボックスを開けて、電動シャッターを下ろした。照明をつける。

「慎一は顔出してへんか」おれはツールボックスからプラスドライバーを取り上げた。

「ここへ来るんかい」

「おれを迎えにな。……重たいプレート持って電車に乗るわけにはいかんやろ」

ＧＴＲのリアにまわって、ナンバープレートのナットを抜く。

「おまえ、慎一とはいつまで組むんや」ぽつりと、大垣はいった。

「さあな、そんなことは考えたことない」慎一と離れたらスペアキーが作れない。

「おまえに儲《もう》け話がある。乗るか」

「儲け話……。なんや？」プレートを外して、立ち上がった。


事務所に入って、ソファに腰を下ろした。大垣は茶の一杯も出そうとしない。肥った身体をさもしんどそうにソファに埋めて、

「——三千万や」と、額の汗を拭《ふ》きながらいった。

「ほう、そらすごいな」

おれは笑った。「ベンツ盗りまくって、香港《ホンコン》に売るんかい」

「ちがう。車やない」大垣は真顔だ。「博打《ばくち》で稼ぐんや」

「話が読めんな。なにをいいたいんや」

大垣の博打狂いは知っている。競輪、競艇はもちろん、ミナミの裏カジノから西成の賭場《とば》にまで出入りして、大枚をスッている。それで大垣は妻と別れた。二人の子供の養育費もまともに払っていないのだ。

「なあ下村、おまえ、内会《ないがい》いうの知ってるか」二重あごを突き出して、大垣は訊《き》く。

「なんじゃい、それ」

「ヤクザが開く賭場を〝盆〟というやろ。内会は、堅気がヤクザに内緒で開く盆のことや。年に三回くらい、わしらクルマ屋の博打好きが集まって、内会を開くんやがな」

「その内会で、三千万のイカサマでもするんかい。えらい豪気な儲け話やな」

ばかばかしい。鼻で笑ってやった。

「話は最後まで聞け」大垣は眉根《まゆね》をよせて、「この六月に、大きな内会がある。種目はサイ本引き。勧進元は西宮の明光自動車の社長で、少なくとも一千万の金は用意しよるはずや。そこへ、あと七、八人の客が二、三百万の賭け金を持ってくるから、場には三千万の金が集まる。それを根こそぎ、かっさらおうというわけや」

「おれはサイ本引きなんかしたことない。あんたと組んでイカサマするにも、ルールを知らへんがな」

「いらん心配せんでも、おまえみたいなチンピラは内会の場に入られへん。あれは仲間うちの博打やから、素性の知れんやつはシャットアウトや」

「ほな、どうやって金をさらうんじゃ。わけの分からんことぬかすな」

「おまえは内会に押し入るんや。覆面して、包丁かまえてな」

「あほぬかせ。賭場荒らしやないけ」血の気がひいた。

「そう。賭場荒らしや。おまえならできる」

「くそボケ。おれにまた懲役させる気か」

　おれはむかし、相棒とつるんでガソリンスタンド荒らしをした。深夜、ガラスを破って事務所に入り、レジを叩《たた》き壊して現金を奪《と》る。ひとりが車に待機し、ひとりが侵入する。じゃんけんで負けたほうが事務所に入った。侵入して逃走するまで一分以内。荒っぽい手口だが、パトカーが来るころには、いつも数キロ離れた路上を走っていた。

　年貢《ねんぐ》をおさめたのは箕面《みのお》のガソリンスタンドだった。ガラスを割ったとたん、後ろから三人の男にかこまれた。ひとりを殴り倒して走りだしたら、相棒の車も走りだした。おれは捕まって顔がひんまがるまで殴りつけられ、手錠をかけられた。あとで聞いたら、頻発するスタンド荒らしに対する、大阪府警の邀撃《ようげき》（待ち伏せ）捜査だった。おれは相棒のことを洗いざらいしゃべり、やつもすぐに捕まった。仲間を庇《かば》う気などさらさらない。おれは一年十カ月の実刑を食らって服役した。

「車盗るのも賭場を荒らすのも、バレたときは檻《おり》の中や」

大垣はにやりとして、「よう考えてみい。どこのどいつが賭場荒らしを警察沙汰《ざた》にするんや。どんな大金奪られようと、黙って泣き寝入りするしかないやろ」

「…………」おれは黙って煙草をくわえた。確かに、これは儲け話だが……。

「内会は極道の賭場やない。相手は素人《しろうと》で、ええ年した爺《じじい》ばっかりや。盆布《ぼんぎれ》に包丁突き立てて、金出せと吠《ほ》えたったら、みんなその場にへたり込んでションベンたれよるわ」

そう、大垣のいうとおりかもしれない。白い盆布に散乱した札束が眼に浮かぶ。

「稼ぎは四分六。おまえが四分でわしが六分。うまい話やろ」

「へへっ、あんたは座布団《ざぶとん》に座ってるだけで、千八百万の金を懐に入れるんかい。話がうますぎて、涙がちょちょぎれるわ」

「いまの世の中、情報が金や。内会の日にちと場所、押し入る方法、わしが教えんと、おまえはなにもできへん」

「別に教えていらんがな。おれはケチな自動車盗でけっこうや」

「わしはおまえという男を見込んで、この話をした。おまえの気性とハッタリなら、内会の金をひっさらえる。ほんの四、五分でカタがつくんや」

「たったひとりで金は奪れん。脅し役と金の集め役、少なくともふたりは要る」

おれは煙草に火をつけた。「慎一を使う」

「あかん。あいつはシンナーぼけや」

「ぼけてるから怖いもんがない。いざとなったら、慎一はおれより根性がきつい」

「慎一とは組むな。賭場の金はわしが集める。おまえはわしを脅しつけるんや」

「それで仲間を騙《だま》すんかい。腐った頭で腐ったことを考えよるわ」

「わしはな、内会でいままでに二千万からの金をかすめとられてるんや。それをとりもどして、どこがわるい」

「おれは慎一と組む。それがいやなら、この話はチャラや」

大垣をにらみつけた。「稼ぎは折半。それで堪忍《かんにん》したる」

「こら、調子のるなよ」

「な、おっさん、ヤバい橋を渡るのはこのおれやぞ。そこを勘違いしたらあかんで」

「くそっ……」大垣は横を向いて舌打ちした。シャツの襟が汗で濡《ぬ》れている。

「おれはまだ、あんたにのったわけやない。おれは慎一に話をする。慎一が首を振ったら、おれも下りる。そういうこっちゃ」

——と、そのとき、クラクションが聞こえた。慎一の運転するクラウンが展示場に入ってくる。

「さ、金くれ。四十や」

「おまえ、ほんまに慎一を誘うんか」

大垣は上着の内ポケットから札入れを出す。

「しつこいぞ。同じことをなんべんも訊くな」

四十万円を受け取った。「内会は六月の何日や」

「さあ、いつやったかな」大垣はとぼける。

「おっさんもなかなかの狸《たぬき》やのう」

金をジーンズのポケットに入れて事務所を出た。クラウンに手を上げる。

賭場荒らしはする——。腹は決まった。

3

慎一に話をしたら、あっさり承知した。拍子抜けするほどの軽い返事。賭場荒らしも自動車盗も、慎一にとっては同じらしい。

おれは十五万円を慎一にやり、『ピンクドール』の玲奈《れな》を連れて白浜温泉へ行った。ホテルから大垣に電話をすると、内会は六月二十七日に開かれるという。場所はまだ分からず、前日か前々日に、明光自動車の社長、籠谷《かごたに》から知らされるといった。

三日後の六月二十二日、おれは白浜から大阪へ帰ってきて、西成浄水場近くのカラオケボックスに慎一を呼び出した。慎一は部屋に入るなり、リモコンをそばに置いて、たてつづけに何曲も歌をうたった。慎一は誰といようがこの調子で自分だけの遊びに熱中し、他人に合わせることをしない。おれは缶ビールを二本飲んでから、慎一のマイクを取り上げた。

「――会場が分かったら下見をする。明光の籠谷が頭をとって開いた内会はこの三年に四回で、そのうち二回が宝塚の料理旅館、あとの二回が有馬にある籠谷の別荘や。そやし、宝塚か有馬のどっちかで開くんやないかと、おれは思う」

「めんどくさい。下見は哲ちゃんがしてくれ」

「これは強盗や。そこいらの車を盗るのとは、わけがちがうんやぞ」

「爺どもを脅して金奪るだけやろ。なんとでもなるわ」

「おれは拳銃《チャカ》が欲しい。ナイフや包丁は頼りない」

「買《こ》うたらええがな。金はあるやろ」

　こともなげに慎一はいう。考えることが面倒なのだ。

「買うルートがないから、おまえにいうてるんやないか」

「連れが改造銃持ってる。見たことあるわ」

　慎一が族をやっていたころの連れで、ヤサは知っているという。

「それ、手に入れられへんか」

「まだ持ってたら、売りよるやろ」

「ほな、その連れのとこへ行け。改造銃なら十万もいらん」

「金はおれが払うんか」

「あとで半分渡すがな」

　GTRを売った金はもうない。白浜でつかいはたした。「下見はおれひとりでする。おまえの役目は拳銃を手に入れるだけや。それだけはきっちりやるんやぞ」

「ああ、分かった」

　慎一はこっくりうなずいて、天井のミラーボールに眼をやった。「千五百万もの金、おれには想像でけへん。どないして使うんや」

「千五百やない。三千や」

「なんやて……」

「大垣に泡吹かせたる。あんな腐れに分け前やることないわい」

「けど、大垣が怒るやんけ。あいつの連れは極道ばっかりやで」

「それがどうした。大垣がヤクザを走らせたら、裏で糸引いてたことがバレる。なんぼあいつが間抜けでも、自分の首に縄かけるようなことはせえへん」

「そらおもろい。哲ちゃん、頭ええわ」

慎一は笑った。シンナーで歯はぼろぼろ、笑うと薄気味わるい顔になる。

「三千万あったら、半年や一年は遊んで暮らせる。札束抱えてハワイ旅行じゃ」

口ではそういったが、慎一に札束は必要ない。クスリを買う金があれば、それでいいのだ。


おれは毎日、夕方までパチンコをし、夜はピンクドールに通った。玲奈はおれを金づるとしか思っていない。だから何度も〝延長〟をさせながら、店外デートには応じない。白浜へ行ったときは十万円の小遣いをやったのに、たった二回しかできなかった。おれは玲奈の素性を知らず、本名も年齢も聞いたことがない。

そうして、二十六日の昼、大垣から電話がかかった。内会の会場は籠谷の有馬の別荘だという。おれは別荘の住所を聞いて電話を切り、アパートを出た。

阪神高速道路から中国自動車道、西宮北インターで下りて、県道九八号線を南下した。有馬町に入って有馬川を渡り、芦有《ろゆう》ドライブウェイへ向かう。料金所の手前を北に折れて三百メートルほど行くと、砂利道の両脇《りようわき》にペイントの剝《は》げた野立て看板がなり、笹山の南斜面を削った分譲地の一角に小さなログハウスが三棟並んで建っていた。一軒あたりの敷地は約百坪、別荘とは名ばかりの安っぽい建物だ。

おれはいちばん奥のログハウスの前に車を停めた。枕木《まくらぎ》のような門柱に《籠谷》と彫った表札、庭は砂利敷きで左に陶製のベンチがあった。ほかの二棟は人が出入りした形跡がなく、前庭は雑草が生い茂って、玄関デッキまですっかり覆《おお》い隠している。

車を降り、ホイールレンチをベルトに差して敷地の中に入った。ログハウスに人がいる気配はない。玄関デッキに上がってドアを引いたが、錠がかかっている。デッキを下りて右に移動した。北東の角に小さな窓。これも施錠されている。

裏にまわったら、大きな栗《くり》の木があった。太い枝が伸びて一階の屋根までとどいている。屋根に面した二階の窓はひとつ。観音開きだろう、蝶番《ちようつがい》が両側についている。

おれは栗の木に登った。赤いスレート葺《ぶ》きの屋根に近づくにつれて、枝の撓《たわ》みが大きくなる。間合いを計り、手を離すと同時に屋根に飛び移った。

窓はやはり、施錠されていた。カーテンの隙間《すきま》から中を覗《のぞ》くと、そこは八畳ほどの寝室で、作り付けのベッドがふたつ並んでいる。

ホイールレンチをサッシのあいだに差し込んで力まかせにこじた。錠がはじけて、窓が開く。おれは靴を脱ぎ、屋内に侵入した。

ベッドの掛け布団は湿っていて黴《かび》くさかった。しばらく誰も寝ていないのだろう。

寝室から廊下に出て階段を下りた。下りたところは広いワンルームのリビング・ダイニングで、奥のキッチンにつながっている。革張りのソファとダイニングセット、リビングボード、テレビ――、家具は少なく、生活の臭《にお》いがない。

リビングボードの横、玄関に通じる廊下の右側に引き戸があった。開いてみると、そこは十二畳の和室で、座卓のほかに家具はない。おれは和室に入って押入れの戸を引いた。座布団、毛布、白のシーツ、賭場《とば》に必要なものがそろっている。毛布を二つ折りにして上にシーツを敷き、端を画鋲《がびょう》でとめれば、それが盆布になる。

和室の窓は一カ所で、頑丈そうなクレセント錠がついている。窓を破って外部から押し入るのはむずかしい。

押入れの戸を閉めて、和室を出た。廊下の真向かいはトイレ、右が玄関になっている。玄関ドアは厚い一枚板で、叩《たた》き壊すには骨が折れる。

二階から入るか——。侵入したのと同じルートをたどるしかないと思った。内会に来て、二階の寝室で眠るやつはいないだろう。

おれはキッチンへ行って冷蔵庫から缶ビールを一本出し、飲みながらリビングの階段を上がった。

4

西成のアパートに帰り着いたのは午後六時、大垣に電話をした。

——有馬の別荘、下見したで。

——中に入れたか。

——裏の二階の窓からな。錠を壊したけど、カーテンで隠れてるから分からんやろ。

——博打《ばくち》は一階の和室でするはずや。前もそうやった。

——押入れに晒《さらし》のシーツがあった。盆布にするんやろ。

——客は八時ごろまでに別荘に入って、籠谷が用意した弁当を食う。腹ごしらえができたら、開帳や。

博打は翌朝の七時ごろまでして、みんな眠らずに帰るという。

——博打が盛るのは何時ごろや。

——十一時から三時ぐらいやろ。場に一千万以上の金が出てるはずや。

——客の数は。

——籠谷とわしを入れて、九人。ディーラーから部品屋、レッカー屋、タイヤ卸、事故車の買い取り屋……車関係はひととおり揃《そろ》とるわ。

——押し入ったときに、一発カマシを入れたいな。

——わしを殴れ。手加減はいらん。わしは入り口のそばに座っとく。

——楽しみやな。血へど吐くまで殴ったる。

——あほんだら。殴り込みやないんやぞ。

——金は慎一が集める。胴元の籠谷いうのは、どんなオヤジや。

——瘦《や》せて貧相な爺《じじい》や。髪は真っ白、ちょび髭《ひげ》生やしとる。腹巻に一千万は入れとるやろ。

——よっしゃ。最初に籠谷からいわしたる。

——いらん手出しするやつがおったら、遠慮はいらん。出刃で顔をハッツったれ。

——あんたも相当のワルやのう。

——おまえにいわれりゃ世話ないわ。

——一時ごろ、おれはやる。

——マスクと手袋、忘れんな。足がつきそうなもんは、逃げる途中で処分せい。

——いちいち、うるさいわい。素人《しろうと》やないんやで。

——稼ぎは折半。おまえが奪った金は分かるから、ごまかしはきかんぞ。

——おれはあんたより上等な人間や。セコい真似《まね》はせえへん。

——な、下村、わしを裏切んなよ。

電話が切れた。へっ、おまえを裏切って、なんの怖いことがあるんじゃ。

くそおもしろくもない。焼酎《しょうちゅう》をラッパ飲みし、慎一のアパートに電話をしたが、つながらない。慎一はクスリをやりはじめたら、ほかのことはどうでもよくなるから、始末がわるい。銃が手に入ったか気になる。

ピンクドールに電話をかけた。玲奈に代わる。

——おれや。

——おれって、誰やの。

声で分かるくせに、そういう。底意地のわるい女だ。

──二十八日から旅行、行かへんか。

──あほらし。土、日に休んだらギャラがないわ。

──金はある。沖縄でも北海道でも、好きなとこへ連れてったる。

──ふーん、豪勢やね。どういう風の吹きまわし？

──段取りを決めよ。これから店に行くよって、ほかの指名はとるな。

──勝手なこといわんとってよ。うちの仕事なんやで。

──なんでもええから待っとけ。

受話器を置いた。焼酎を飲みほして立ち上がった。

5

眼が覚めたのは昼だった。ピンクドールを出てから新歌舞伎《かぶき》座裏のスナックへ行き、五時ごろまで飲んだのは憶《おぼ》えている。タクシーに乗ったときは空が白んでいた。

隣のバーテンがまたラップをかけている。「じゃかましわい」マンガ本を壁に投げつけたら、音が余計に大きくなった。

くそったれ、舌打ちして電話を引き寄せた。七回のコールで慎一が出た。

――もしもし、おれや。……あれ、手に入ったか。

――ああ、あれな、あかんかった。

――なんやと……。

――東成《ひがしなり》の連れのヤサに行ったけど、おらんかったんや。代わりに、ネズミみたいな茶髪の女が住んでたわ。

――その女に訊《き》いたんか、連れはどこに引っ越したかと。

――あ、それは忘れた。どうせ、訊いても分からんやろ。

――おまえ、いつ東成へ行ったんや。

――昨日や。昨日の晩。

慎一にものを頼んだのがまちがいだった。頭が溶けている。スペアキーを作るほかに能はないのだ。

――しゃあない。間に合わへん。チャカは諦《あきら》めよ。

――相手はみんな、堅気の爺やろ。ナイフの二、三本もありゃ充分や。

――日が暮れたら、おれのシーマで有馬へ行く。おまえはそれまでに、こっちへ来るんや。

慎一のクラウンは車高を落としている。派手なリアスポイラーをつけた族風の車だから、目立ってしかたない。クラウンもシーマも、盗んで目抜きをした車だ。

——夕方になったら、あんたのアパートへ行く。

——野球帽と革の手袋持ってこい。道具はおれが用意する。

——よっしゃ、そうする。

タンスの抽斗《ひきだし》を抜いて有り金を数えたら、六万円しかなかった。この二カ月で三台もGTRを盗ったのに、たった六万円……。ピンクドールの客引きにひっかかって店に入ったのがケチのつきはじめだった。金食い虫の玲奈には百万以上の金を突っ込んでいる。

ええわい。明日のいまごろはポケットというポケットにぎっしり万札を詰めとるんや——。

千日前《せんにちまえ》の道具屋筋に出て、別々の三軒の店で、出刃包丁を二本、柳刃包丁を一本買った。思いついて、アイスピックも買う。

道頓堀《どうとんぼり》でパチンコをし、アパートに帰り着いたのは七時だった。慎一のクラウンが玄関をふさぐように駐《と》まっている。慎一はシートを倒して寝ていた。

「いつ来たんや」ドアを開けて、慎一を起こした。

「日が暮れる前や。それまでに来いというたんは、哲ちゃんやぞ」ふくれっ面《つら》で慎一はいう。

「パチンコで勝ったんや。もっと勝ったろと思て、チャラにしてしもた」

「いったい、いつ行くんや、有馬に」

「どこかで飯を食お。それから出発や」

「この車は」

「堤防のそばに駐めとけ。そこでシーマに乗り換える」

おれは助手席に乗った。慎一はエンジンをかけ、セレクターレバーを引いた。

6

九時少し前、ラーメン屋を出て部屋にもどった。黒無地のワッチキャップと革手袋、紺のトレーナーと黒のスニーカーをデイパックに入れて外に出る。おれがシーマを運転し、昨日と同じルートで阪神高速道路から中国自動車道に向かった。

有馬町、池ノ平。芦有ドライブウェイの手前を北に折れた。野立て看板のところで車を停め、ヘッドライトを消す。

暗い。なにも見えない。月明かりに眼を凝らすと、白い砂利道がうっすらと浮かび上がってきた。白いラインをたどって、ゆっくり走りだす。

分譲地の入口、プレハブ小屋の脇《わき》にシーマを駐めた。フィールドジャケットを脱いでトレーナーを着る。ローファーをスニーカーに履き替えた。慎一はTシャツの上に黒のウインドブレーカーを着て、首のところまでファスナーを上げた。

「なあ、哲ちゃん、金を奪ったらどないするんや」

「さあな、なにも考えてへん」

「哲ちゃんはピンクドールの玲奈とかいう女に惚《ほ》れてんねやろ。こぎれいなマンション借りて、いっしょに住んだらええわ」

「あんな性根の腐った女はあかん。まだ二十歳かそこらのくせして、男を舐《な》めきっとる。金になるんなら、誰とでもする女や」それが分かりつつ、玲奈に貢《みつ》いでいるのだから世話はない。

おれはワッチキャップをかぶり、慎一は野球帽をかぶった。

「行くぞ」デイパックを提げて車外に出た。足音をひそめて別荘へ歩く。

「なんと、殺風景なとこやな」慎一の息づかいが荒い。

「バブルがはじけてなかったら、二、三十のログハウスが建ってたはずや」

「なんや、ログハウスて」

「どでかい丸太小屋や」

「そこいらの山の木を伐《き》ってきて建てたんか」

「おまえがそう思うんやったら、自分で建ててみい」

別荘のまわりには七台の車が駐められていた。Sクラスのベンツ、セルシオ、ディムラー、BMW、マジェスタ、キャデラック・セビル、レンジローバー——まるで高級車の展示場だ。七台をひっくるめて、捨て値でも二千万で売れる。

道路脇、立木に背中をつけて腕時計のボタンを押した。文字盤が光る。十一時三十五分——。

「どないするんや……」

「おまえは動くな。ここで待っとけ」

革手袋をつけた。デイパックからアイスピックを出し、上体をかがめて走る。ベンツの陰に入って、右前のタイヤにアイスピックを突き刺した。シューッと空気が洩《も》れていく。セルシオからレンジローバーまで一台残らずパンクさせて、立木のところにもどった。

「中へ入る。ついてこい」

隣の別荘の敷地を抜けて裏にまわった。デイパックを背負って栗《くり》の木に登る。慎一もあとにつづいた。

枝を伝って、屋根に飛び移った。スレート葺《ぶ》きの屋根がミシッと軋《きし》む。

二階の寝室の窓は夜露に濡《ぬ》れていた。しばらくじっとしてようすをうかがったが、中に人がいる気配はない。サッシにアイスピックを差し込んで窓を開け、侵入した。

寝室は暗く、ほとんどなにも見えない。手探りでドアのところへ行き、耳をそばだてる。廊下の向こう、階段のほうから微《かす》かな人のざわめきが聞こえた。

「何時や」慎一が耳もとで訊く。おれはまた時計のボタンを押した。

「十一時五十五分」

「くそっ、膝《ひざ》が震えてきた」声も震えている。

「落ち着け。突っ込むのはまだや」

「さっさと片付けて、さっさとズラかろ」

「ま、焦《あせ》るな」煙草《たばこ》をくわえた。慎一にも一本やり、火をつける。

「哲ちゃん、肚据《はらす》わってるな」

「あほいえ。おれも逃げたいわ」

頭が痺《しび》れるように熱い。煙草の味も分からない。

二十分、待った。煙草を三本、灰にした。動悸《どうき》はおさまらない。

「おれ、辛抱たまらんわ」慎一がせっつく。

「よし、行こ」おれも限界だった。

デイパックから包丁を出した。おれは出刃と柳刃、慎一は出刃包丁を持った。

バンダナで鼻と口を覆《おお》った。きつく縛る。慎一は黄色のタオルで顔を隠した。

「賭場《とば》に入ったら大垣を殴る。おれがカマシ入れるから、おまえは金をかっさろうて、このバッグに詰めるんや」

「フケるのは、どこからや」

「玄関から出る。車のとこまで走れ」

「くそったれ。勝負やな」

「勝ったるぞ」

デイパックを慎一に渡して、寝室を出た。廊下は薄暗い。

階段を途中まで降りて、踊り場から階下のようすを見た。広いワンルームには誰もいない。八人掛けのダイニングテーブルに、ビールとワイン、食い散らかした弁当。

みんな賭場にいるようだ。

階段を降りた。包丁をかまえて和室に向かう。とそのとき、トイレのドアが開き、おれはソファの後ろに身を伏せた。

トイレから出てきたのは、ベージュのジャケットを着た小柄な男だった。ハンカチで手を拭《ふ》きながら、和室の戸を開けて中に入っていった。

おれは長い息をついて立ち上がった。慎一も大きく息を吐く。

リビングから廊下に出て、慎一と眼を見合わせた。

「ええな……」

「ああ……」

包丁を握りしめた。戸をいっぱいに引きあけて侵入した。男たちの視線が集中した。

「動くな!」両手に包丁をかまえて叫んだ。「そのままじゃ」

白い盆布《ぼんぎれ》を囲んで、男たちが車座になっている。みんな口をあけて、なにが起こったのか分からないようだ。

「なんや、おまえら」いったのは大垣だった。すぐ眼の前に座っている。

「ぼけッ。賭場荒らしじゃ」

大垣の鼻先に出刃を突きつけた。のけぞった顔を思い切り蹴《け》りつける。ガツッと鈍い音がして、大垣は横ざまに倒れた。

「いらんちょっかい出したら、ぶち殺すぞ」

大垣の脇腹を蹴って前に出た。盆布の真ん中に立って包丁を振りかざす。男たちは居すくんだように動かない。盆の上には本引き札と万札が散乱し、ツボ代わりの茶碗《ちゃわん》のそばに骰子《さいころ》がころがっている。慎一が万札を集めてデイパックに放り込む。

「じっとしとけよ。命《タマ》とられるぞ」

おれは左手の柳刃包丁を盆に突き立て、足元の札束を拾って、ズボンのポケットに詰め込む。盆の金をさらったら、籠谷を脅して腹巻の一千万を奪るのだ。

（瘦《や》せて貧相な爺《じじい》や。髪は真っ白、ちょび髭《ひげ》生やしとる）大垣の言葉を反芻《はんすう》しながら見まわした。床の間のそばに座っているのが籠谷だ。

と同時に、気づいた。籠谷の左隣にパンチパーマの若い男がいる。黒いダボシャツの胸元から青い刺青《ほりもの》がはみ出していた。

まさか……。思った瞬間、男の右腕が動いた。鈍色《にびいろ》の拳銃《けんじゅう》。パンッと火柱《ほばしら》が走って慎一が膝をついた。赤い飛沫《しぶき》が盆布に散る。倒れて丸くなった慎一のふとももが血に染まった。

ぐわーッ、男に包丁を投げつけた。腕で顔をガードし、窓に突っ込む。カーテンが引きちぎれ、ガラスが割れ、身体《からだ》が宙に舞う。一回転してバウンドし、ころがった。肩にまとわりついたカーテンをかなぐり捨てて立ち上がる。足を引きずって走りだした。

7

どこをどう逃げたか憶《おぼ》えていない。我にかえったときは、見知らぬ道を走っていた。どうやら、県道一五号線を西へ向かっているらしい。一五号線は国道四二八号線につながって、神戸市内に通じている。

慎一のことが気がかりだった。ふとももの傷が命とりになるとは思えないが、軽い傷ではない。弾が貫通していなかったら、手術して取り出さなければならない。

賭場で見た連中は、あのダボシャツの男をのぞいて、ヤクザではなかった。だから報復のために慎一を殺したりはしない。

ダボシャツは内会《ないがい》の合力《ごうりき》(進行役)だったのだ。サイ本引きの賭《か》け金の配当は計算が複雑で、本物の博徒でも合力が務まれば一人前だといわれる。ダボシャツは籠谷に雇われて、合力と用心棒をかねていたにちがいない。

すると、慎一はどうなるのか。

——病院にかつぎ込まれて手当てを受けるとは考えられない。

やはり、口封じのために殺されるのか。

——いや、堅気のクルマ屋が殺しの片棒をかつぐはずはない。

おれが籠谷だったら、慎一をどうする。

——知り合いの医者に金をつかませて手当てをする。

——慎一を車に乗せて、病院の前に捨てる。あるいは、どこか山の中に捨てる。

ともかく、いちばんの命題は内会が明るみに出ないことだ。もし慎一が死ねば、あの連中はみんな、芋づるで檻《おり》の中へ行く。

そう考えると、少しは気が楽になった。あれこれ思い悩んでも、なにもできない。それよりなにより、自分がどうするかが問題なのだ。

赤信号で停まった。ふっと横を見ると、焼肉屋の提灯《ちょうちん》が風に揺れている。

おれは車をバックさせた。尻《しり》からガードレールの切れ目に突っ込んで、パーキングに車を駐める。ルームランプを点《つ》けて、ポケットの万札を出した。〝ズク〟といって、十枚ずつ半折りにして輪ゴムでとめているのが九つと、バラの札が二十二枚あった。百十二万円だ。

輪ゴムを外し、金をポケットに入れて車を降りた。焼肉屋の暖簾《のれん》をくぐる。

いらっしゃい。薄汚れたカウンターの向こう、鉢巻きをしたオヤジがいった。

「バーボンあるか」椅子《いす》を引きながら訊《き》いた。

「バーボンはないけど、スコッチなら」

「それでええ。ボトルごとくれ」

「ボトルをどないするんです」間抜けた顔でオヤジは訊く。

「ここで飲むんや。氷もくれ」

「肉はどないしましょ」

「いらん。おれは酒が飲みたいんや」

カウンターに片肘《かたひじ》ついて、あくびをした。

8

電話が鳴って眼が覚めた。

――なんや。

――チェックアウトのお時間をすぎているんですが。

——いま、何時や。

——一時十分前です。二時間、延長しました。

——それならそうと、電話せんかい。

——申しわけありません。お出になりますか。

——いわれんでも出るわい。

布団《ふとん》を蹴った。吐き気がする。トイレに走って、吐いた。饐《す》えたアルコールの臭《にお》い。胃液がしたたり落ちる。

おれは素っ裸だ。いつ出ていったのか、女はいない。ぶくぶくに肥《ふと》った三十女だった。顔を見ただけでやる気が失《う》せて、おれはベッドに倒れ込んだ。女も裸になって、口をつかったりしたが、おれはまるで役に立たなかった。

洗面所で頭から水をかぶり、部屋にもどった。ズボンのポケットを確かめる。焼肉屋でつかった二万円と、女に払った四万円を差し引いて、残りは百六万円——。

大垣の店に電話をかけた。コール音は鳴るが、つながらない。大垣と慎一の関係はバレている。もちろん、おれの素性も、だ。

慎一のアパートにも電話をした。やはり、つながらない。

玲奈の携帯電話の番号を押した。玲奈はすぐに出た。

――おれ、哲也《てつや》や。約束憶えてるか。今日は二十八日やで。

――もっと早よう電話くれんかいな。うち、休みをとったんやで。

――わるい。どこでも連れてったる。

――沖縄や。関空から飛行機で。

――ほな、夜の便に乗ろ。席がなかったらキャンセル待ちや。

難波《なんば》のＯＣＡＴ（大阪シティエアターミナル）から空港バスに乗ったらいいわ。

――おれは車や。おまえを拾《ひろ》て空港へ行く。

――分かった。どこで会う。

――ＯＣＡＴの玄関前や。時間は三時。

――うん、待ってる。

珍しく、玲奈は愛想がよかった。

服を着て部屋を出た。泊まりの料金に延長料金を足して一万六千円。あのデブ女の紹介料も入っているらしい。

湊川《みなとがわ》、元町を抜け、京橋入口から阪神高速道路に上がった。土曜の午後、車はけっこう流れている。三十分で大阪市内に入り、玉出《たまで》で阪神高速を下りた。市営団地の交差点を右折して五百メートルほど行くと、右に自動車教習所がある。

おれは車の速度を落とした。教習所の裏門をすぎ、公衆電話ボックスの脇《わき》を通った。アパートのようすに変わったところはなく、注意をひく人物もいない。

教習所のまわりを一周し、またアパートの前にさしかかったとき、さっきは見かけなかった白いグロリアに気づいた。グロリアの車内には男がふたりいる。

あかん、手がまわってる――。虫が知らせた。アパートには入れない。

そのまま、まっすぐ津守《つもり》へ抜けた。グロリアは追ってこない。


ＯＣＡＴに着いたのは三時十分前だった。ロータリーの周辺に玲奈の姿は見あたらない。車を停めて、ビルの中に入った。ロビーにも、待合所にも、玲奈はいない。

エントランスホールを出ようとしたとき、前から男がふたり歩いてきた。赤のブルゾンと白のサマーセーター、見るからに筋者だ。

立ちどまって振り返った。後ろにも男がふたりいる。

ヤバいぞ――。居すくんだ。足が動かない。おれは四人の男にかこまれた。

「な、下村さんよ、ちょっと顔貸してくれへんか」

背の低い角刈りがいった。右手を入れたブルゾンのポケットが不自然に膨《ふく》らんでいる。

「相棒が待っとるんや」へらへら笑いながら、パンチパーマがいう。

「なんや、相棒て……」それだけがいえた。

「ピイピイよう泣く、歯抜けの兄ちゃんやないけ」

慎一はしゃべったのだ。おれのヤサも、玲奈のことも。

「やったことの始末はつけんとな。それが人の道というもんやで」

「おれをどないするんや」腹をきめた。どうにでもしろ。

「知らんな。わしらが決めることやない」

「籠谷に頼まれたんか」

「籠谷さん、といわんかい」

「籠谷は極道か」

「さて、どっちやろ」

「大垣のクソはどうなった」

「もうええ。立ち話はいらん」

脇腹に固いものが触れた。「さ、行こかい」

角刈りに背中を押され、おれはゆっくり歩きだした。

徒花《あだばな》

1

国道一七一号線、萱野《かやの》の交差点を左折して一キロほど行くと、街灯の下に白島《はくしま》住宅地の案内板を見つけた。住居の数は約五百、瓢簞《ひようたん》形の池を中心にして南北に広がっている。《若林》という家は住宅地の北端にあった。

セレクターレバーをセカンドに入れて急勾配《きゆうこうばい》の坂をのぼっていった。山に近づくにつれて建ち並ぶ家が大きくなる。どれもが二百坪を超える豪邸ばかりで、ガレージにはベンツ、BMW、セルシオ、シーマといった高級車が駐《と》められている。

中根はT字路の突きあたりで車を停めた。苔《こけ》むした大谷石《おおやいし》の石組み。その石の壁が見あげるほど高い。石垣の二十メートルほど西側に透《す》かし彫りの門扉《もんぴ》、すぐ横はガレージだろう、車が三、四台は入りそうな幅広のシャッターがおりている。
車を徐行させて門扉の前を通りすぎた。そこは石垣が二メートルほど後退したポーチのようになっていて、左の壁には門灯、右の壁には防犯カメラが取り付けられていた。

正面から侵入するのは無理だと、中根は思った。

パラパラと葉を叩《たた》く音、雨が降りはじめた。天気予報どおりだ。中根はペンライトを点《つ》けて腕の時計を見た。午前三時すぎ――。四十分以上、雨を待っていた。

革手袋をつけ、バールを持って立ちあがった。疎《まば》らな樹間を通して窓の明かりが見える。若林の邸《やしき》は敷地が約三百坪、山の斜面を削り、南と東側に石垣を築いた造成地で、西が隣家、北が雑木林になっている。中根は若林の邸から百メートルほど離れた公園の脇《わき》に車を駐め、林道をのぼってこの雑木林に来た。

バールをベルトに差し、ペンライトをかざして斜面を降りた。泥に足をとられ、滑って尻餅《しりもち》をつきそうになる。そばの立木の枝をつかんだら湿った音をたてて裂けた。

邸のすぐ裏手まで降りると、コンクリート擁壁《ようへき》にフェンスが設置されていた。一面に蔦《つた》が巻きついている。擁壁の向こうは芝生の庭だ。

フェンスを乗り越えて芝生に降り立った。母屋《おもや》へ走る。雨が足音を消してくれる。勝手口の鉄扉は施錠されていた。鍵穴《かぎあな》がふたつもある。一階の窓にはすべて鉄格子《ごうし》がついていた。

芝生の端に高い木があった。枝が一階の屋根まで伸びている。中根は木に登った。枝が撓《たわ》む。屋根の傾斜はきつく、瓦《かわら》は濡《ぬ》れている。枝を蹴《け》り、屋根に飛び移った。這《は》いあがって庇《ひさし》の下に張りつく。ウインドブレーカーのポケットから目出し帽を出してかぶった。雨音のほかにはなにも聞こえない。

若林さんは子供がいないの。すごい豪邸に夫婦ふたりだけ――。妙子《たえこ》の言葉が耳によみがえる。夫婦の寝室はたぶん、二階だ。

中根はまた動きだした。屋根の上を壁伝いに北から西側へ移ると、窓が三つ並んでいた。手前の小さな磨《す》りガラスの窓には細いアルミの格子、庇のすぐ下に臭気抜きのルーバーがある。トイレだ。

中根は格子のあいだに手を入れた。窓は旋錠されておらず、軽く開いた。窓枠のそばにセンサーらしい器具は見あたらない。

格子の取付金具をバールでこじると、あっけなく外れた。格子を芝生に投げ捨てる。

窓枠ににじりあがって侵入した。

トイレのドアを細めに開けた。廊下には明かりがついている。両側のドアは四つだ。四部屋のうちのどこかで夫婦は眠っている。

トイレを出た。廊下は臙脂色《えんじいろ》のカーペット敷きだ。足音をひそめて階段を降りる。ペンライトをつけた。リビングは吹き抜けになっていて驚くほど広い。南側のガラスドアを開けて玄関横の応接室に入った。

革張りのソファと大理石のテーブルがペンライトに浮かんだ。ローズウッドのサイドボード、ガラスキャビネット、クリスタルのシャンデリア、ドレープのカーテン、唐草を織り込んだ布クロス、ペルシャ風の絨毯《じゅうたん》、金はかかっていそうだが、品がない。

金庫は応接室にあると思う。わたしは見たことないけど——。妙子はそういった。

応接室に家具といえるものはサイドボードとガラスキャビネットしかない。キャビネットにはデカンターのブランデーやグラスを飾っている。

かがみ込んでサイドボードの扉を開けようとしたが、鍵がかかっていた。バールをこじ入れて力まかせに開ける。中にもう一枚、黒い扉があった。目盛りを刻んだ金属製のつまみがふたつ突き出している。金庫だ。両手で揺すってみたが、びくともしない。バールを差し込む隙間《すきま》もなかった。

くそっ……、舌打ちした。妙子の話では、こんな頑丈な大型金庫ではなかった。バールで蝶番《ちょうつがい》を壊せるような家庭用の耐火金庫だったはずだ。

金庫の扉に耳をつけてダイヤルをまわしてみた。ただくるくるまわるだけで、なんの感触もない。もう一度、揺すってみたが、びくともしない。金庫の底と床をなにかで固定しているらしい。

中根はソファに腰をおろした。テーブルの煙草《たばこ》をとって火をつける。

――と、二階のほうでドアの閉まる音がした。誰かが歩いている。中根はペンライトを消した。

またドアが閉まって水音が聞こえた。トイレだ。

一瞬、頭の中が白くなった。トイレの格子を外したのだ。窓は閉めたが、雨の滴《しずく》で床が濡れているかもしれない。侵入に気づかれたら通報される。

中根は煙草を揉《も》み消して立ちあがった。応接室を出る。リビングを抜けてキッチンへ。流し台の扉を開けると、峰幅の広い出刃包丁があった。

2

「マネージャー、この伝票はおかしいわ」

　部屋に入ってくるなり、リナはまくしたてた。「今日はうち、指名が三本やで。それに延長が一本あったから、五万二千円でないとあかんやんか」

「延長のときの指名料は店の取り分や。延長は一本につき、一万円までと決まってる」

　リナにはちゃんと計算して五万円を渡したのだ。たった二千円のことでうるさくいうなとは思うが、リナは店のナンバーワンだから、むげにあしらうこともできない。

「なんでレギュラーが八千円で、延長が七千円よ。いったい、誰が決めたん」

「それは最初から決まってる。面接のときに説明したはずやで」

「知らん。うちはそんなこと聞いてへんわ」リナはぷいと横を向く。

　ファッションヘルス、『アイスドール』の規定料金は、午前九時から十二時までが、〝AMサービス〟で七千円、十二時から午後七時が一万一千円、七時から午前零時までが一万三千円だ。時間は三十分ないし五十分。十分刻みで二千円ずつ割り増しになり、ヘルス嬢の取り分は七十パーセント、指名料はすべて女の子にいく。

「うち、納得できへんわ。二千円払ってよ」

「これは決まりや。あんただけ特別扱いにはできん。ほかの子が知ったら怒るやろ」

「うち、明日は休みにする」

「なんで……」

「気分わるいもん」

「とにかく、おれは一円もごまかしてへんし、二千円は払えん。そういうこっちゃ」

きっぱりといった。ここで甘い顔をすれば自腹を切ることになる。

リナは膨《ふく》れっ面《つら》で事務室を出ていった。入れ替わるようにマミが入ってくる。

「マネージャー、変態の客をつけるのはやめてよね」

「なんや、どないした」

「さっきのオヤジ、なにしたと思う。あそこにガムを突っ込んだんやで。うち、パニクったわ。子宮に入ったらどないしてくれんのよ。あわててガムをかき出したら、オヤジはまた、パクッと口に入れたやないの。耐えられへんわ、あんな変態」マミは甲高い声でわめきちらす。

「ガムでよかったやないか。飴玉《あめだま》やチョコレートやったら、中で溶けてしまうがな」

プレーの最中に異物を入れる客がたまにいる。個室内のトラブルはよほどの騒ぎにならないかぎり、中根がタッチすることはない。

「もう、いやや。こんな仕事、辞める」

いやなら辞めろ。この店に半年以上いる女は数えるほどしかいない。

「すまんな。怪しいやつは断るようにするわ」

実際のところ、客の五人にひとりはようすがおかしい。小肥《こぶと》りで眼鏡、ひと月は風《ふ》呂《ろ》に入っていそうにないぼさぼさ頭のオタク、クスリをやっているのか目つきのすわっているチンピラ、なにをどうしようと勃《た》ちそうにないよぼよぼの爺《じい》さん、バッグいっぱいのオモチャを抱えてくるオヤジ、泥酔《でいすい》して待合室にへたり込むリーマン――、世の中にはいろんなやつがいる。

がしかし、それをいうなら女のほうも負けず劣らずで、貞操観念とかいうものは小指の先の爪《つめ》の垢《あか》ほどもない。男のペニスは何百本とくわえているくせに、ガムを入れられただけで怒鳴り込んでくる女もいれば、さっきのリナのように、ホストやヒモに有り金をつぎ込み、借金漬けで首のまわらないのがいくらでもいる。

そういうクズの女どもにクズ扱いされながら機嫌をとらないといけないのが、この業界の男なのだ。

「ま、気ぃわるうせんと、明日もがんばって」

「ちゃんと客を選んでよ」

いうだけいって気がすんだのか、マミは出ていった。

中根は帳簿をデスクの抽斗《ひきだし》に入れて鍵をかけた。新しいティッシュペーパーとうがい薬を持って事務室を出る。女たちは帰ったが、中根はこれからが仕事だ。個室の掃除をしてゴミを捨て、消耗品を補充する。店を閉めたあとは、売上を夜間金庫に預けるのだ。

3

七月はじめの土曜日——。『ラブアフェア』の店長、金井から電話がかかってきた。折入って話があるという。中根は千日前筋《せんにちまえすじ》のスナックで会う約束をした。

午前一時すぎ、スナックに顔を出すと、金井はカウンターで水割りを飲んでいた。カラオケがうるさい。奥のボックス席の客が演歌をがなりたてている。中根は金井の隣に腰をおろしてソーダ割りを注文した。

「なんです、話て……」

「あんた、いつか自分で店やりたいというてたな」

「ええ……。そうでしたね」そんなことをいった憶《おぼ》えはある。

金井は中根より五つくらい年上だ。風俗の業界でも先輩だから横柄《おうへい》なものいいをする。

「実は、うちのオーナーの榎並《えなみ》さんがな、もうすぐ、これになるんや」

金井は両手の手首を合わせてみせる。「——いや、風営法の関係やない。組筋のもめごとでな。二、三年は食らい込むことになると思う。それで、店を売りたいというてんねや」

「へーえ、ラブアフェアをね……。よう儲《もう》かってるでしょ」

「店長のおれがいうのもなんやけど、濡れ手で粟《あわ》や。一日に五十人以上の客が来る」

店の取り分は、ひとりにつき三千円。つまり、十五万円以上の稼ぎがあるという。

「ほな、一ヵ月で四百五十万ですか」

「家賃は三十万や。男の従業員が五人で百五十万。光熱費や消耗品が二十万と、経費が五十万。それと、守《も》り料が三十万やな」

守り料とは、ヤクザに払うみかじめ料だ。

「ま、なんやかんや差し引いて、百五十万は残る勘定や」

「それはおいしいやないですか。年収は千八百万や」

「オーナーは二千万で店を売りたいというてんねや。女も従業員も、みんなひっくるめてな」

金井は水割りを飲みほして、「どないや、ええ話とは思わんか」

「確かに、ええ話ですね」中根はソーダ割りを飲む。

「正直いうて、わしが店を引き継ぎたいんや。……けど、金がない。二千万どころか、二十万の金もないんや」

「おれにラブアフェアを買えということですか」

「ぶっちゃけた話が、そういうこっちゃ。あんたやったら、この世界のことは詳しいし、営業免許もとりやすいやろ。自分で店を仕切ったら、店長の給料も浮くがな」

いわれて、中根は計算した。いま、アイスドールから手取りで三十数万円をもらっている。それを足せば、月に百八十万以上の収入になる。

「どないや、ここらで一発、勝負してみいへんか」

「勝負はしたいけど、おれも金はないんですわ」

「あんた、酒飲むけど博打《ばくち》はせえへん。女に金はいらんのやから、残ってるはずやで」

「いや、その、まとまった金がね……」

口ではそういったが、金はある。四百万だ。この業界に入って三年間、少しずつ貯《た》めた定期預金だ。

「あてはないんかいな。親とか、女とか。どこかでつまめるやろ」

「うちの親にね……」

　徳島にはもう三年ほど帰っていない。父親が死んで長男が家を継いでいる。中根は兄嫁と折りあいがわるく、口をきくのもうっとうしい。

「金井さんこそ、どこかで借りられへんのですか」

「へっ、つまめるもんならつまんでるわ。わしはサラ金の利息を払うのが精一杯や」

「この話、ちょっと考えさせてもろてもよろしいか」

「そらかまへんけど、いつまでも待たれへんで。オーナーも買手を探してるからな。この十日間で返事をしてくれ」

「分かりました。十七日までに」再来週《さらいしゅう》の火曜日だ。

「それともうひとつ、条件がある」

　金井は視線を宙にやった。「話が決まったら、手数料をくれるか」

「手数料……」

「売値の五パーセントや。百万円をおれにくれ」

「………」

「なんや、どないした」

「いや……」

「こいつはめったとない旨《うま》い話やで。それをただで食おうてなことは、なんぼ友だちでも虫がよすぎるわな」

金井は仏頂面《ぶっちょうづら》でそういった。

スナックを出たその足で萌《めぐみ》のマンションへ行った。萌はカップラーメンを食べながらレンタルビデオを見ていた。中根は萌を押し倒すなり、下着を剝《は》ぎとった。萌は尻《しり》を向けて迎え入れる。萌はすぐに達して脚を痙攣《けいれん》させ、中根は萌の中で射精した。萌はいつもピルを服《の》んでいる。

「おまえにひとつ頼みがあるんやけどな」

萌の髪をなでながら、中根はいった。「——金、貸してくれへんか」

「いくらよ」

「五百万。いや、四百万でもええ」

「なんやの、あんた。大丈夫？」

「冗談やないねん。おれは本気や」

「そんな大金、なにするんよ」

「店を買う。ラブアフェアの金井に話を聞いた」

手短に説明した。萌はなにもいわない。

「な、金貸してくれ。一年で元はとれるんや」

萌にはヒモがいない。萌と飲み食いしたときは奢《おご》ってもらうが、まとまった金を引っ張ったことはない。

「あんたに金貸して、いいことあるんかいな」しれっとして、萌はいう。

「もちろん、利子は払う。月に一割でどないや」

「担保は」

「借用書、書くがな」

「お断りやね」萌は背中を向けた。

「なんや、水くさいぞ」

「あんた、うちのなんやのん？」

「連れやないけ」

「男って、みんなそうや。ちょっとつきおうたら、金くれ、や」

「なんじゃい、そこらの男といっしょにすんな」

「帰って。うち、眠たいわ」

「待て、こら。その言いぐさはなんや」

「性根《しょうね》が見えたわ、あんたの。早よう帰って」

「このアマ、承知せんぞ」

「なんやの、どつくんかいな」

萌は素っ裸でカーペットにあぐらをかいた。中根を睨《ね》めつける。「この身体《からだ》に傷をつけてみ、ただでは済まへんで」

手は出せない。萌の店のオーナーも〝ヤ印〟だ。

萌は傍らの携帯電話を手にとった。ボタンを押す。

「なにしてんねん」

「ボーイフレンドを呼ぶんや」

「くそったれ」

トランクスを穿《は》いた。ポロシャツを着る。「おまえとはこれっきりじゃ」

「ふん、こっちのセリフや」

萌は携帯に向かって喋《しゃべ》りはじめ、中根は逃げるように部屋を出た。

4

月曜日――。母親に電話をした。そばに兄嫁がいるのか、話がはずまない。金のことを切り出すと、百万円くらいならなんとかする、とささやくようにいった。ありがたい。やはり母親だ。中根は銀行の口座番号を伝えて、電話を切った。

神戸の叔父にも電話をした。亡《な》くなった父親の弟だ。叔父は去年、勤めていた建設会社が倒産し、再就職先が決まらないという。中根は用件をいわずに受話器をおいた。

火曜日――。社長の徳山が店に顔を出した。ファッションヘルス『アイスドール』には姉妹店が三店あり、それを徳山が統括している。四店のオーナーは鶴橋《つるはし》のパチンコ屋で、徳山は雇われだが、分不相応に羽振りがいい。いつも百万円ほどの現ナマを持ち歩いている。これは中根のカンだが、徳山はオーナーに渡す金をくすねている。

「社長にお願いがあるんですが……」

中根は思い切っていった。「給料の前借りをできんでしょうか」

「前借り？　どういうこっちゃ」

「おふくろがガンで、入院させんといかんのです」

「そら心配やな。なんぼほど要るんや」徳山はソファにもたれて脚を組んだ。

「できたら、百万ほど欲しいんです」

「あほか、おまえは」

徳山は眼をむいた。「前借りいうのは、五万や十万のことをいうんじゃ。サラ金へ行かんかい。こういうときに利用するんやろ」

「もちろん、行きました。おれ、保険証がないから三十万しか借りられへんのです」

アイスドールには雇用保険などない。中根は本質的に〝無職〟なのだ。

「サラ金があかんのなら、街金《まちきん》がある」

「社長さん、保証人になってくれますか」

「あほんだら。なにが悲しいて、おまえの保証人にならないかんのじゃ」

「社長さんしか頼りにできる人がおらんのです。このとおりです。最後の親孝行をさせてください」しおらしく頭をさげた。

「もうええ。六十万や。前借りやぞ。月に二十万ずつ返さんかい」

苦りきった顔で徳山はいい、中根は心の中で舌を出した。金を返す気はさらさらない。

水曜日は知り合いの女に片っ端から電話をして借金を申し込んだ。脅してもすかしてもはかばかしい返事をしない。それでも大国町《だいこくちょう》のホテトルで稼いでいるゆかりという女から五十万円を借りる算段がついた。ゆかりは人妻で本名を吉田妙子といい、幼稚園に通う娘がいるのが弱みなのだ。

木曜日――。中根は休みをとり、アイスドールの口座がある大協信用金庫道頓堀《どうとんぼり》支店へ行った。融資の窓口には岩城という名札をつけた五十がらみの男がいた。

「――いま営業中の店を買いとりたいんやけど、金貸してもらえますかね」

「かしこまりました。業種はなんでしょう」

花「水商売ですわ」

「水商売にもいろいろございますが……」

徒「キャバレーです。千日前筋の」

「規模はどれくらいでしょうか。建物の広さと従業員の数は」

岩城はいちいちもったいぶったものいいをする。この手のくそまじめそうな男が頻繁に風俗通いをするのだ。神戸の叔父と同じくらいの年格好だが、リストラはまぬがれているらしい。

「店はワンフロアで、そう、二十坪くらいかな。女の子は十二、三人。男は五人です」

「キャバレーとしては、やや小振りですね」

岩城はメモをして、「で、ご融資の額は」

「千五百万ほど、頼みますわ」

「失礼ですが、いままで当支店とのお取引は」

「あります。おれ、阪町《さかまち》のアイスドールで店長してますねん。毎晩、ここの夜間金庫に売上を預けてます」

「阪町のアイスドールさまですね。しばらくお待ちください」

岩城は席を立ち、中根は煙草《たばこ》を吸いつけた。今日はスーツを着てネクタイまで締めている。髪は金色のままだが。

岩城は十分ほどしてもどってきた。ファイルを数冊、手にしている。

「おっしゃるとおり、アイスドールさまとはお取引がございました。ありがとうございます。……ところで融資対象のキャバレーですが、どなたが購入されるのでしょうか」

「どなた……このおれですがな」

「お客さまの名義で？」

「ああ、そうや」ムッとした。

「失礼ですが、お名前とお齢《とし》は」

「中根利宏《としひろ》。二十六歳」

「キャバレーの店名は」

「そんなことまで、いちいちいわんとあかんのかいな」

「それをおっしゃっていただかないと、融資申込書が作成できません。こちらで必要書類をまとめて審査部にまわします」

「千日前筋のラブアフェア。正確な住所はあとで聞くわ」

「融資金額と返済方法はいかがいたしましょう」岩城は眼鏡を指で押しあげた。

「金額は千五百万。返済は期間のいちばん長いやつ」

「連帯保証人がおふたり必要です。おひとりは、身内でない方を」

岩城はあれこれ書類を揃《そろ》えろという。戸籍謄本《とうほん》、住民票、印鑑証明、納税証明書、設備投資の見積書、ラブアフェアの登記簿謄本、賃貸契約書……。いやというほど並べたてたあげくに、融資の是非は審査部で決めるといった。

「――それと、キャバレーにはいくつかの業態がございまして、公序良俗に反するようなものには融資がむずかしいということをご承知おきください」

「公序良俗？　なんですねん」

「ですから、ピンクキャバレーとか、ピンクサロンとか、ソープランドといった業種です」

「ピンクキャバレーね……」ファッションヘルスとはいえない。

「そのお店は普通のキャバレーですよね」

「それ、調べるんかいな」

「はい。審査部が」

「おたく、うちのアイスドールがどんな店か、知ってる」

「個室マッサージ店ですよね」

「個室マッサージと取引してるくせに、ピンクキャバレーには融資できんて、どういうことや」

「失礼ですが、アイスドールさまに融資はしておりません」

「分かった。あんたの話はよう分かった。出直すわ」腰をあげた。

「あの、ご融資は……」

「いらん。気が変わった」

吐き捨てて、ロビーを出た。

夕刊紙を買い、宗《そ》右《え》衛門町《もんちょう》の喫茶店に入った。窓際《まどぎわ》の席に坐《すわ》ってビールを注文する。

夕刊紙を広げて、商工ローン、フリーローン、サラ金など、めぼしをつけて電話をかけた。どこも融資限度額は五十万円、要審査だという。国民年金にも厚生年金にも未加入だといったら、限度額は十万円になった。百万円単位の金は闇《やみ》金融でないと借りられないと知った。

5

夜、携帯の呼び出し音で眼が覚めた。

――もしもし、中根さん？

――誰や。

――わたし、妙子。アイスドールに電話して、休みやて聞いたから。……ちょっと会いたいんやけど。

――金、持ってくるんかい。

――ちがうねん。中根さんに聞いて欲しいことがあるねん。いま、どこ？

――おれの部屋や。

――わたしは道頓堀。そっちへ行っていい？

――来たかったら来いや。……けどあんた、亭主は。

――今晩は新潟。娘はおばあちゃんとこ。

妙子の夫は長距離トラックの運転手だ。

――あんたもよう稼ぐな、え。昼も夜も営業かい。

――そんなことより、場所を教えて。中根さんのアパート、島之内《しまのうち》やったね。

――堺筋《さかいすじ》を渡れ。ＮＴＴビルと大阪信金のあいだを東へ来るんや。

道順を教えた。中根の巣は築二十年のぼろアパートだ。住人のほとんどはフィリピン人のホステスで、昼間はタガログ語が飛びかっている。彼女たちは一室を四、五人で借りているようだ。

妙子は十一時すぎに現れた。白いキャミソールに赤のタイトスカート。中根のベッドに腰をおろしてパーラメントをくわえる。金張りのデュポンで火をつけた。

「ここ、家賃はいくら」

「八万や。１ＤＫでな」

「けっこう高いやんか」

「金も持たずになにしに来たんや。おれと寝たいんかい」

「それは二万円。前払いよ」

「あほぬかせ。おれは眠たいんや」

ビールを五、六本と、バーボンのボトルを半分空けた。

「中根さん、お金が欲しいんやろ」

「ああ……」

「わたしね、金持ちの夫婦を知ってるねん。家に何千万という現金を置いてるのよ」

「それ、ほんまかい。高利貸しか」

「ちがう。マルチをやってるねん」

その夫婦はマルチまがい商法の大手、『リッチウェイ』の〝ダイアモンド・スーパーバイザー〟だと妙子はいった。「名前は若林。箕面《みのお》に住んでる。ものすごい豪華な家。金庫にいつも、三千万くらいの現金を入れてるねん」

「ちょいと待て。マルチてなんや」

「リッチウェイの会員になって、仕入れた商品を売るのよ。洗剤とか浄水器とかステンレス鍋《なべ》のセット。売れたら三十パーセントのマージンが入る。そうして会員を勧誘したら、ステージがあがって、下の会員からまたマージンが来る。簡単にいうたらネズミ講みたいなもん」

「あんたもその会員かい」

「そう、わたしはいちばん下《した》っ端《ぱ》。うちの家は在庫だらけ」

「その、若林いう夫婦は儲《もう》けてるんか」

「ダイアモンドSVはね、下に千人以上の会員がいてるねん。そやから、商品を売らんでも上納金が入る。若林さんは毎週、ホームパーティーを開いてる。ステージがあがったら、こんなリッチな生活ができるというのを宣伝するためにね。広いリビングのテーブルに札束を積んでみせるのよ」

妙子は灰皿を引き寄せて煙草の灰を落とした。スカートがたくしあがって黒いショーツが見える。「わたしは二回、若林さんのホームパーティーに行った。ほんまにすごい暮らしをしてる。それを見て思た。この夫婦は詐欺師《さぎし》の親玉やと。わたしらが汗水たらして稼いだ金で、ヨーロッパの貴族みたいな生活をしてるねん」

「それでなんや、若林から金を借りろというんかい」

「はは、あほらし」妙子は笑った。「金庫の札束を盗むんやないの」

「なんやて……」

「金庫はたぶん、応接室にある。見たわけやないけどね」

「おれに泥棒をせいというんかい。三千万もの札束を入れてる金庫が開くはずないやろ」

「ハンマーとか鉄棒で扉をこじ開けたらいいやんか。それでダメやったら、金庫ごと盗むんや」

「そういう金持ちの家は警備会社と契約してるはずやで」

「一階の窓はあかん。なんとかシステムが作動するみたい。けど、二階は大丈夫や」

「えらい自信があるやないか。なんで分かるんや」

「若林さんがいうてた。二階の窓から鳩《はと》が入ったことがあるんやて。家中を飛びまわって、ヴィーナスの彫刻に糞《ふん》をして出ていったらしいわ」

「鳥と人間をいっしょにすんなよ。あんなやつは赤外線センサーにひっかからへんがな」

「でも、鳩って、羽根を広げたら大きいやんか。わたしの肩幅くらいはあるで」

妙子の話はものになるかもしれないと思った。銀行や郵便局を襲うわけではなく、ただ金持ちの邸《やしき》に忍び込むだけなのだ。どんな金庫かは知らないが、そう大がかりなものではないだろう。

中根は中学生のころ、近所の家に盗みに入ったことがある。狙《ねら》いは金ではなく、その家の娘の下着だった。タンスの抽斗《ひきだし》からショーツを盗み、匂《にお》いを嗅《か》ぎながら、毎晩、自慰をした。味をしめてほかの家にも忍び込んだが、騒ぎになりはしなかった。中根はグレて高校を中退し、徳島から大阪へ出た。十七のときから、ずっと独りで生きてきたのだ。

「そのマルチの親玉は、箕面のどこに住んでるんや」

「白島いう高級住宅街。ごてごて飾りのついた真っ白な家」

「家族は何人や」

「夫婦ふたりだけ。旦那《だんな》に子種がないんやわ」

嘲《あざけ》るように妙子はいう。「旦那は六十すぎで、奥さんは四十くらい。再婚や。ふたりとも、ひどいデブ」

「三千万というのは、ほんまやろな」

「嘘《うそ》やったら、わざわざ中根さんにいわへんわ」

「見返りはなんや、え」妙子のふとももに手をやった。汗ばんでいる。

「半分、ちょうだい。わたしに」妙子はあごを突き出して煙草のけむりを吹きあげた。

「へっ、正気かい。おれは盗人《ぬすっと》やないんやぞ」

「三千万円、欲しいことないの？」

「金を盗《と》っても手が後ろにまわったら、なんにもならへんわい」

「ね、ふたりでお金を稼ごうよ」

妙子はスカートのジッパーをおろした。腰をあげて黒い布切れをとる。

中根はズボンを脱いだ。勃起《ぼっき》している。妙子を引き寄せた。

「待って」

妙子はハンドバッグからコンドームを出した。

6

中根は出刃包丁を右手に持って階段をあがった。踊り場に身をひそめて二階の廊下を覗《のぞ》き見る。さっきの足音はどの部屋に消えたのか、四つのドアはぴったり閉まっている。

廊下にあがり、手前のドアに耳をあてて室内の気配を探った。物音も声もしない。

隣のドアに耳をあてると、かすかにいびきが聞こえた。男のいびきだ。

中根は出刃包丁を胸にかまえて、少しずつノブをまわした。廊下の明かりが部屋に射《さ》し込む。いびきがやみ、ヒッ、と悲鳴。ドアをいっぱいに開けた。

「騒ぐな、こら」

包丁を振りかざして怒鳴った。「動いたら殺す」

手探りで壁のスイッチを押した。照明が点《つ》く。眩《まぶ》しい。ベッドはふたつ。部屋は広い。

「な、なんですか」

手前のベッドで女がいった。布団《ふとん》からカーラーだらけの頭を出している。

「あほんだら。見て分からんのか」

ベッドに近づいた。女の髪をつかむ。

「助けてッ」悲鳴をあげた。

女をベッドから引きずり降ろして脇腹《わきばら》を蹴《け》りつけた。女は床に倒れて呻《うめ》く。

隣のベッドが軋《きし》んだ。禿《は》げ頭が布団をかぶって震えている。

「こら、なにさらしとんのじゃ」布団を剝《は》いだ。

「やめてください」

男がわめいた。顔がひきつっている。「なんでもいうとおりにします」

「金や。金出せ」

「そこ、そこにあります」

男はガラリ戸を指さした。「抽斗です」

中根は戸を開けた。クロゼットだ。足もとに作りつけのキャビネット。抽斗を抜くと、札入れがあった。かなり厚い。そのままポケットに入れた。

女が動いた。廊下に向かって這《は》いだす。盥《たらい》のような尻《しり》を後ろから思い切り蹴った。

「じっとせい。いてまうぞ」

女を脅しつけて、「ほら、こっちへ来い」男にいった。

男は緩慢な動作でベッドから出た。作務衣《さむえ》のようなシルクのパジャマを着ている。背の高さは中根のあごのあたりまでしかなく、ぶよぶよに肥っていた。壁際《かいぎわ》の鏡台に白髪のカツラがいくつか並べてあるのは、男のものらしい。

「下へ行け。金庫を開けんかい」

「金庫なんて、ない」

呻きながら、女がいった。「わたしのお財布が鏡台に……」

「くそボケ。おまえの財布なんかどうでもええんじゃ」

テレビボードのＡＶアンプを床に落とした。電源コードとスピーカーコードを引きちぎり、男に投げた。

「おばはんを括《くく》れ。後ろ手や」

男は立ちすくんでいたが、観念したように女の腕をとった。

「なにするのよ」女は金切声をあげる。

「じゃかましい。ぶち殺すぞ」

女のみぞおちを蹴った。声はやんだ。

ベッドのシーツを裂いて女に猿轡《さるぐつわ》をし、手足を縛って床にころがした。男の背中に包丁を突きつけて階下に降りる。タマがすくみあがっている男は中根のいいなりだった。

応接室に入った。照明をつける。

男は扉の壊れたサイドボードとそばのバールを見て、その場に坐《すわ》り込んだ。

「な、おっさん、ここで金庫が開かへんかったら、この包丁でおまえを刺す。命あっての物種や。金はまた稼いだらええやろ」

男は黙ってうなずいた。金庫のそばへ行ってダイヤルをまわす。カチャリ、と音がしてロックが外れた。

「退《ど》け」

中根は男を押しのけた。ハンドルを引いて扉を開ける。

瞬間、ウォーンという電子音が鳴り響いた。

「なんや！」

思わず、叫んだ。音は天井から降ってくる。鳴りやまない。

包丁の峰を男のこめかみに叩《たた》きつけた。男は横倒しになる。

金庫の中の札束を掻《か》き出した。ウインドブレーカーのポケットに詰め込み、ズボンのポケットに詰める。ベルトのあいだにもねじ込んで応接室を走り出た。リビングからキッチン、勝手口から庭に出る。音は四方に響きわたっている。

庭を突っ切って擁壁にとりつき、フェンスを乗り越えた。泥の斜面を駆けあがる。何度もころんで林道に出た。車を駐《と》めた公園にたどり着くまで、電子音はずっと耳にとどいていた。

7

「店長、電話です」ドアが開いて、バイトの案内係が顔をのぞかせた。

「ここへつないでくれ」

すぐに、デスクの電話が鳴った。

――はい、中根です。

――おれや。金井。約束の十七日は明日やで。どないするんや。

――金の工面をしてたんです。目処《めど》がつきました。銀行が貸してくれそうです。

――そら、よかった。うちの店、買うんやな。

――そのつもりです。

――となると、あんたが新しいボスというわけや。よろしゅう頼むわ。

金井はラブアフェアの店長をつづけるつもりでいる。ばかが。いちばんに馘《くび》にしてやる。

――うちのオーナーには、いつ会う。早いほうがええやろ。

――おれはいつでもよろしいわ。

――ほな、明後日は？　水曜日や。飯でも食お。

十八日の午後二時、笠屋町《かさやまち》の割烹《かっぽう》『司』、オーナーを連れていく、と金井はいった。

――そのときにあんた、手付けを持ってきてくれるか。

――手付け……？

――五百万でも六百万でもええがな。『設備・営業権一式』の譲渡契約書を交わすんや。

——手付けは普通、一割とちがうんですか。

——ま、そうやけどな……。

いっぺんに大金を渡すのは危ない。ラブアフェアのオーナーはヤクザだ。

——おれ、二百万だけ払いますわ。内金として。

——分かった。オーナーにいうとく。手付けは一割でええけど、おれの手数料、忘れたらあかんで。

——金井さん、手数料が百万というのはちょっときついですわ。

——月に百五十万以上の稼ぎやぞ。百万くらい安いもんやないか。

——五十万。それ以上は無理ですね。

——むちゃくちゃやな、おい。そこまで値切るか。

金井の舌打ちが聞こえた。

——ええわい。五十万にまけとこ。あんたがボスや。

もう一度、取引の日時と場所を確認して、電話は切れた。

「腐ったガキやで」

中根は独りごちた。椅子《いす》にもたれかかって瞼《まぶた》を揉《も》む。

眠い。疲れた。若林の邸《やしき》を出てから一睡もしていない。

体中のポケットに詰め込んだ帯封つきの札束は十七個あった。札入れの一万円札は六十五枚。ベルトに差した札束はどこにもなかった。あの邸から逃げる途中、雑木林か林道に落としたように思う。

気にかかることはいくつもあった。金庫のそばに忘れてしまったバールと、紛失したペンライトだ。邸に侵入する前に革手袋をつけたからバールに指紋はついていないはずだが、ペンライトは分からない。あのライトを点けて何度か時計を見たあとで、手袋をつけたのだ。ペンライトは雨に濡《ぬ》れていないから指紋が残っているかもしれない。いったいどこで失《な》くしたのか、どうしても思い出せない。

ウインドブレーカーが破れ、右肘《みぎひじ》を擦りむいていることにも気づいた。傷は浅いが、血がこびりついていた。邸のどこかに血がついていたら、血液型が判《わか》ってしまう。

そして最大の誤算は、ただの盗みのつもりが強盗になってしまったことだ。それも夫婦ふたりに傷を負わせてしまった。強盗致傷、殺人未遂……、罪名が頭に浮かぶ。立派な凶悪犯だ。ものの弾みとはいえ、しでかしたことの大きさに背筋が冷たくなる。

ええわい、ヤバい橋を渡ったからこそ、千七百六十五万円の金を手に入れたんや――。そういいきかすほかに術《すべ》はない。たった一回の人生をケチな風俗の雇われ店長で送りたくはなかった。

くよくよすんな。あのマルチの親玉とおれは接点がない――。バールは以前、島之内の建設現場で拾った。ペンライトは百円ショップで買った安物だ。軸が細いから、もし指紋がついていても、ほんの一部だろう。目出し帽をかぶっていたから顔は見られていないし、車も目撃されてはいない。ウインドブレーカー、ズボン、スニーカーは切り刻んで、今朝、アパートのゴミ置場に出した。金はデイパックに詰めて、中根の部屋ではなく、月極駐車場の梁《はり》のH鋼の中に隠した。梁は梯子《はしご》に乗らないととどかないから、金が見つかるおそれはない。

そう、おれはむかしから悪運が強いんや。いまさら後悔したって、どないもならへん――。

つぶやいて、壁の時計を見あげた。十一時四十五分。もうすぐ昼のニュースだ。馴《な》染《じ》みのラーメン屋に行ったらテレビがある。

中根は蝶《ちょう》ネクタイを外し、私服に着替えて事務室を出た。副店長の佐藤に、

「今日は帰る。風邪ひいたみたいや」

「店長、顔色がわるいですわ」

「あと、頼むな」

店を出た。くたびれたスーツの貧相なオヤジが立看板の写真に見入っていた。

「そんなかわいい子、おらへんで」

いってやった。


妙子から電話がかかったのは夕方だった。ニュース、見たよ――、といきなりいう。

――まさか、ほんまに行くとは思えへんかったわ。

――おまえ、共犯や。おれが捕まったら一蓮托生《いちれんたくしょう》やぞ。

――なに、それ、イチレンタクシー？

――百万円、やる。とりに来い。

妙子には金をつかませないといけない。でないと、喋《しゃべ》る。

――なにいうてんの。二千万も奪《と》ったくせに。

ニュースではそうなっている。ベルトにねじ込んだのは三百万円だったのだろうか。

――若林のボケは嘘《うそ》ついとるんや。おれは七百万しか奪ってへん。

――なんで、そんな嘘つくのよ。

――保険や。若林は盗難保険に入っとんのや。

――それやったら、三百五十万、ちょうだい。

――へっ、死ぬほど欲ボケやのう。

――なんとでもいうて。わたしら、共犯やろ。

――おまえな、罪の意識いうのはないんかい。

――そんなもん、腹の足しにならへんわ。

――とにかく、百万や。泣こうが喚《わめ》こうが、それ以上はびた一文やらへん。

――ふん、ケチ。

妙子は幼稚園児の娘を連れてアパートへ来るという。図太いというか、したたかというか、縄のような神経をしている。娘はいずれヤクザの情婦かホテトル嬢になるだろう。

――ひとつ訊《き》きたいんやけど、おまえ、ラブアフェアのオーナー、知らんか。

――知ってるよ。榎並とかいうヤーサンやろ。千日前のヘルスにいてたころ、お店によう来てた。社長の麻雀《マージャン》仲間やってん。

――榎並の人相は。

――眉毛《まゆげ》が薄くて眼が細い。色黒で痩《や》せぎすで、トカゲみたいな顔。一目でヤーサンやと分かるわ。

――そうか、トカゲみたいな顔か……。

榎並の人相を頭に入れた。
――百万円、用意しててよ。六時までには行くから。
――コンドーム、持ってこいや。
――あほ。娘の前でできるかいな。
電話は切れた。

8

七月十七日は朝八時半から夜十二時半まで、通しで働いた。休みなく体を動かしていると気がまぎれる。
テレビニュースと新聞記事によると、会社役員・若林繁《しげる》と妻・恭子を襲った犯人は〝推定年齢・三十歳から四十歳、身長・百八十センチ前後のがっしりした体格〟だったという。デブで背の低い若林には百七十三センチの中根がそんな大男に見えたのだろう。被害金額は二千六十万円。〝犯人が持ち込んだとみられるバールが現場に残されていた〟とはあるが、ペンライトに関する記事はない。若林繁は頭部に全治二十日の裂傷、恭子は肋骨《ろっこつ》を二本折って全治二カ月の重傷を負ったという。

七月十八日——。午後二時、中根は笠屋町の割烹《かっぽう》『司』へ行った。金井と榎並は奥の座敷で待っていた。

「どうも初めまして。中根です」

会釈して腰をおろした。榎並は黙りこくって刺身をつまんでいる。

「今日は暑い。ま、一杯いこ」

金井がビールを注いだ。中根は一気に飲む。

「旨《うま》い。生き返りますわ」手酌でまた注いだ。

「銀行はどないや。金、借りたんか」箸《はし》を置いて、榎並が訊いた。

「ええ。まあ……」

絵に描《か》いたようなヤクザだった。ごま塩のパンチパーマ、縁なしのサングラス、げじげじ眉に、二重あご、搾《しぼ》ったら脂《あぶら》のしたたりそうな赤ら顔だ。どう見てもトカゲを連想することはできない。

「先に取引を済まそ。譲渡契約書や」榎並は茶封筒をテーブルに置いた。

「榎並さんはいま、保釈中なんですか」

「なんや、訊きにくいことを訊くのう」

「いや、金井さんがそういうたから」

「もうすぐ裁判や。わし、弁当持ちやからな」

「弁当持ち？」

「執行猶予《ゆうよ》や。そいつが取消しになってまう」

榎並は封筒から契約書を出した。「ま、読んでくれ」

「その前にいうときますけど、今日はおれ、金を持ってきてないんです」咄嗟《とっさ》にいった。

「なんやと……」

「戸籍謄本《とうほん》とるのが遅れたんです。おれ、本籍が徳島やから。それで銀行の融資も遅れてしまいました」

「おい、待たんかい」

金井がいった。「おれの立場はどないやねん」

「すんません。このとおりです」

頭をさげた。「それと、銀行がいうには、榎並さんの印鑑証明が要るそうです」

「聞いてないぞ、そんなことは」

「おれも知らんかったんです」

「手付けくらい持ってこんかい。銀行に借りんでも都合つくやろ」

「そやから、印鑑証明をください」

「舐《な》めんな」金井は座卓を叩《たた》いた。「いますぐ金を持ってこい」

「なんや、金井さん、オーナーを差しおいて。あんたの取引とちがうやろ」

金井は口を歪《ゆが》めた。悔しそうに歯噛《けが》みをする。

中根は確信した。榎並と称する男は偽者だ。ラブアフェアが売りに出ていることはほんとうかもしれないが、この契約はイカサマだ。金井がひっかけようとしているのは、おそらく、中根だけではない。

「すいません。あと二、三日、待ってください」

榎並にいった。「今日のところは失礼します」

金井も榎並もひきとめはしなかった。

『司』から歩いて店に出た。事務室に入る。汗みずくだ。ビールの二、三本でも飲みたいところだが、店で酒は飲めない。
くそったれ——。エアコンを最強にして煙草《たばこ》を吸いつけた。なぜ、こんな羽目になってしまったのか自問する。

そもそもの発端は金井だ。やつはラブアフェアの身売り話を金にしようとした。中根は金井の罠《わな》にひっかかって金策をした。ファッションヘルスの店長にとって、数十万ならともかく、数百万の金は逆立ちしても都合できないことがよく分かった。そこへ妙子の誘いが来た。中根は飛びついて、とりかえしのつかない犯罪をおかした。

しかし、ものは考えようだ。金井も妙子も腐りきったクズだが、そのクズのおかげで中根は思いもかけぬ大金を手にしたのだ。金井には騙《だま》されたが、被害はない。

ええわい、ほとぼりが冷めたらラブアフェアより大きな店を買《こ》うて、左うちわで遊び暮らしたる——。

と、そのとき、受付のほうで佐藤の声がした。困ります、営業中です——。切羽つまった口調だ。

あかん——。虫が知らせた。

立って、ドアの隙間《すきま》から受付を見た。男が数人、佐藤をかこんでいた。

中根はそっと廊下へ出た。奥へ走る。裏口はない。

個室のドアを引くなり飛び込んだ。裸の男と女がからみあっている。悲鳴があがって、女がマットから滑り降りた。

「な、なんやの、店長」マミだった。

「シッ」指を立てた。「手入れや」

「えっ……」

マミは両手で胸を隠した。男は四つん這《ば》いになって部屋の隅へ逃げる。

中根はマットを飛び越えた。窓はボードで嵌《は》めころしになっている。肘《ひじ》でボードを叩き割った。

「待て。中根！」

男たちがなだれ込んできた。錆《さ》びついた窓は開かない。

ボードのかけらを投げつけた。男が突っ込んでくる。腰に組みつかれて横倒しになった。膝《ひざ》で男を蹴《け》りつける。腕をねじあげられて肩に激痛が走る。

「痛い。堪忍《かんにん》や」

額を床に擦りつけられ、中根は呻《うめ》いた。

左手首

1

その手首は富南《とうなん》市樫尾で発見された。

十月七日、早朝、雨あがり。地元兼業農家の主婦が自宅から一キロほど離れた通称月見山のブドウ畑に入ったところ、農具小屋の脇《わき》に黒っぽい手袋のようなものが落ちていた。指先のところどころから白い陶器のかけらがのぞいている。主婦はそばに寄って、その干からびた手袋を見た。蠅《はえ》が飛び、蟻《あり》がたかっている。主婦は枯れ枝を拾って、甲の部分を突っついた。皮膚が破れて肉が露出したとき、彼女は声にならない悲鳴をあげた。

煙草《たばこ》をもみ消して、インパネの時計を見た。午後八時二十五分、男と瑠美《るみ》が『ハイム・エンゼル』に入って十五分が経《た》っている。ころあいだ。

研次は車を降りて、バス通りを渡った。ガードレールをまたぎ越し、ハイム・エンゼルの階段を上がる。オートロックのデジタルボタンを押して錠をあけ、エントランスホールに入った。エレベーターで三階へ上がり、３０５号室の前に立つ。もう一度、時計に眼をやって、ポケットからカードキーを出した。

研次はキーを挿してドアを開けた。すばやく中に入ってドアを閉め、チェーンをかける。玄関には男のローファーと瑠美のパンプスがあった。薄汚れたローファーはかかとがつぶれている。ふたりがマンションに入るときに見たが、男は縞《しま》模様のポロシャツにだぶだぶのズボンをはいていた。

くそっ、相手を選べというたやろ——。

舌打ちして、折りたたみナイフを抜いた。刃渡りは十二センチ、すぐに手にとれるようにベルトの後ろに差す。ゴムぞうりを脱いで廊下に上がった。ガラスのドア越しに寝室のようすをうかがう。瑠美はベッドの上で膝《ひざ》を立て、脚のあいだに男の頭を抱え込んでいた。男は素っ裸、瑠美のタンクトップは首のところまでたくしあがって、スカートとショーツがベッドの脇に落ちている。

こいつ、どこまでさせるんじゃ——。

ドアを開けた。走り込む。男の尻《しり》を蹴《け》りつけた。ウグッ、男が顔を上げる。瑠美は男を突き放して脚を閉じた。

「こら、なにさらしとるんや」

男を睨《にら》みつけて凄味《すごみ》をきかせた。男はベッドに膝立ちになる。痩《や》せて肋骨《ろっこつ》の浮き出た胸、細い腕、生白い脚、勃起《ぼっき》したペニスを隠そうともしない。

「こいつはおれの女やぞ。誰にことわって手を出した」

男はなにもいわない。こちらをじっと見すえている。

「聞こえんのか、こら。なんとかいわんかい」

「ああ、分かった……」低くいって、男はベッドから降りる。

「なにが分かったんや、え」

「すまんな。パンツくらいはかしてくれや」

男は床のトランクスを拾い上げた。妙に落ち着いた身ごなしが気に入らない。

「おまえ、自分がなにをしたか分かっとんのか」

「分かってるがな」

男はトランクスをはいた。ペニスはまだ勃《た》っている。「この女はあんたの女で、わしはそれを裸に剝《む》いた。股《また》を広げて舐《な》めまわした。あんたはそれを見て、頭に血がのぼった。わしはあんたにわびを入れんといかん。ま、そういうことや」

男は研次より拳《こぶし》ひとつ背が高い。年齢《とし》は三十前後、短く刈り上げた髪、左のこめかみから眉《まゆ》にかけて斜めに切れた傷痕《きずあと》があった。

このガキ、堅気やない――。手を後ろにまわしてナイフをつかんだ。

「おもろいのう。まさか、このわしがひっかかるとは思わんかったで」

さもおかしそうに男は笑った。「こんな黴《かび》の生えた美人局《つつもたせ》にな」

「へっ、分かってんのなら話は早い」

ナイフを見せた。刃をおこす。「どういう落とし前つけてくれるんや」

腰がひけている。相手がわるい。これが堅気の勤め人なら、カードを取り上げて二、三十万は吐き出させるところだが……。

「なんじゃい、わしを刺すてか」

男の表情が一変した。のっぺりとした白い顔。眉がつりあがる。ゆっくり間合いをつめてきた。「やってみい。ほら、ここや。ここを刺せ」掌《てのひら》で腹をさする。

研次は気圧《けお》された。動けない。役者がちがう。

「あほんだらッ」

いきなり拳が伸びてきた。鼻に入って、後ろに弾《はじ》き飛ばされる。背中を打ちつけて横倒しになった。起き上がろうとする脇腹に膝が食い込んで、呻《うめ》きながらころがる。強烈な衝撃を首筋にうけ、仰向《あおむ》きに倒れた。男が馬乗りになり、首が絞まる。手が外せない。顔が膨れる。喉《のど》が熱い。必死に床を掻《か》いてナイフを探す。残る力を振り絞って上体を捻《ひね》った。ガツンと鈍い音が響いて男の手が外れた。

研次は息をつごうとして噎《む》せた。壁に寄りかかって立ち上がる。

男はベッドの脇で丸くなっていた。低い呻き声、抱え込んだ頭の後ろから血が床に広がっていく。瑠美が消火器を持って、そばに立ちすくんでいた。

「お、おまえ……」

「うち、知らん」瑠美はふらふらと床に座り込む。

研次は浴室に走ってバスタオルを持ってきた。男の頭に巻きつける。タオルは見るまに赤く染まり、男の呼吸が途切れ途切れになる。なにかをつかもうとした手が血だまりの中に滑り落ち、小さく痙攣《けいれん》して呻き声がやんだ。

「おい、しっかりせい」

男の頬《ほお》を張った。反応がない。男の胸に耳をつけた。搏動《はくどう》が聞こえない。

「あかん」振り返った。

「え……」瑠美の顔には血の気がなかった。

「死んだ。死んでしもた」

「嘘《うそ》やろ……」

「おまえが殺したんやぞ」

「うちやない。うちやない」

「おまえが殴ったんや。こいつの頭を」

瑠美の膝から消火器がころがり落ちた。涙があふれて頬を伝う。肩をふるわせて泣きだした。

2

左手首は科学捜査研究所に持ち込まれ、二日後に剖検結果が出た。富南署捜査一係の大江は連絡を受けて中央区の科捜研に出向き、法医担当の技官、水野から所見を聞いた。

「――腐敗がすすんでましたが、切断面の凝血状態と細胞組織中の出血状態からみて、手首に生活反応はない。念のため、酵素活性を調べるつもりですが、いずれにせよ判定が覆《くつがえ》る可能性はありません」

水野は口早に説明して、「あの手首は死後切断です」と断言した。

「切った道具、判《わか》りますか」大江はメモ帳にボールペンを走らせる。

「目の細かいノコギリです。橈骨《とうこつ》と尺骨《しゃっこつ》にその痕跡《こんせき》があります。小指と薬指が欠損しているのは、動物が嚙《か》みちぎったんでしょう」

犬か猫、あるいは狸《たぬき》かイタチかもしれない、と水野はいう。

「手首の主の性別、年齢は」

「男性です。二十代から四十代。指が長いので、身長は百七十以上と思われます」

「死亡推定日時は」

「二週間ないし一週間前。九月二十四日から十月一日といったところです」

「幅が広いですね。もうちょっと狭めることはできませんか」

「頭や胴体があるんならまだしも、腐敗した手首だけではね」水野はかぶりを振る。

「指紋は採れそうですか」

「親指から十ミリ角の皮膚片を採取しました。スルメみたいに干からびてるんです」

「スルメ、ですか……」十ミリ角の指紋なら識別システムで照合ができる。

「水酸化カリウムの希釈液に浸して膨満させてます。うまくいったら指紋を採取できるかもしれません」

それがもっとも重要なのだ。指紋が採れなければ、被害者《ガイシャ》の身元は割れない。

「頼みます。なんとしても指紋を採ってください」大江はあらためて頭を下げた。


研次は瑠美のそばに腰を下ろした。瑠美は俯《うつむ》いたまま身じろぎしない。

「ほら、いつまでボーッとしとるんや。しっかりせんかい」

瑠美の肩に腕をまわして引き寄せた。指先で乳首をいじる。

「――うち、信じられへん」

「なにがや」

「うち、ケンを助けよとしたんや。気がついたら、消火器持ってた」

「おまえ、なんでこんなやつを連れ込んだ」

「知らん。なんとなくや」

「こいつ、ゴロツキやないか」

「客を拾えというたんは、ケンや」

「ばかたれ。客にも善《よ》し悪《あ》しがあるやろ」

瑠美の乳首がしこってきた。「おまえ、させる気やったんか」

「うん……」

「この男や。おまえ、その気やったやろ」

「あほらし。つまらんことといいな」

瑠美は手を払った。ひとつ大きな息をついて、「うちら、どないなるん？」

「どないもなるかい。ここに死体がある。それだけや」

「警察にいう？」

「檻《おり》の中に入るんか。おれはごめんやで」

「うちもいやや」

「正当防衛や。わるいのはこいつや」

そう、こんなやつは殺してもいい。「死体さえ始末したら、なんとかなる。おれらとこいつは知り合いやない。警察には分からへん」

「けど、どうやって始末するんよ。こんな大きなもん、外に出されへんわ」

瑠美のいうとおりだ。ここはウィークリーマンションだから不特定多数の客が出入りする。一階のフロントには係員がいるし、各階の廊下には防犯カメラが設置されている。係員の眼とカメラをかいくぐって死体を屋外に運び出すことはできない。

「バラバラにするか……」ふと思った。

「なんやて……」

「そうや。バラバラにしよ。手足と頭を切り離して、ひとつずつ運ぶんや。小さいバッグにつめて運んだら疑われることはない。みんな車に積んで、山に埋めるんや」

いったん話しだしたら、はずみがついた。自首なんかするのは愚の骨頂だ。「バラバラ事件はな、バラバラに捨てるから足がつくんや。まとめてひとところに埋めたら、ぜったいに見つからへん」

「ほんまに大丈夫？」

「おまえはなにも考えんな。おれのいうとおりにしたらええんや」

「けど、どないしてバラバラにするの」

「ナイフがある。包丁と金ノコも買うてくるんや」

ナイフは窓際《まどぎわ》にころがっていた。「タオル、バッグ、ビニール袋もいるな。バラすのは風呂場《ふろば》の浴槽や」

この部屋は二週間の契約で借りている。ウィークリーマンションはラブホテルやシティーホテルとちがって、係員が掃除やベッドメイキングにくることはない。チェックアウトのときに簡単な点検をするだけだ。

「もう店が閉まってる。包丁や金ノコ、買われへんで」

「コンビニは開いてる。タオルとビニール袋を買お」

血を拭《ふ》きとらなければならない。床はフローリングだが、染《し》みのつくおそれがある。

「うちが買いに行くわ。こんなとこにひとりでいられへん」

「おまえ、運転できへんやないか」

「ほな、ふたりで行く」瑠美は立って、ショーツとスカートを拾った。

「パンツ穿《は》く前に、こいつを風呂場に入れるんや。おまえ、足のほうを持て」

研次は死体のそばに行った。虚《うつ》ろな眼が虚空《こくう》を睨んでいる。トレーナーを脱いで男の顔に被《かぶ》せた。ジーンズとブリーフも脱いで裸になり、男の腋《わき》に手を入れて抱え上げた。バスタオルから滲《にじ》み出た血がしたたり落ちる。

「ほら、ちゃんと持たんかい」

死体は意外に軽かった。瑠美は眼をつむって両足を持ち上げる。死体をバスルームに運んで浴槽に放り込み、寝室にもどった。

男のポロシャツとズボンはローチェストの上に脱ぎ捨ててあった。ズボンのポケットを探ると、煙草《たばこ》、ライター、小銭、札入れが出てきた。薄っぺらい札入れの中には、二万三千円の現金と『キムラヒサシ』名義のクレジットカードが一枚だけ。名刺も免許証も入っていない。

「おまえ、なんぼで話つけたんや」

「三万円……」瑠美は壁にもたれて煙草を吸っている。

「あのボケ、たった二万三千円しか持ってなかったんやぞ」

瑠美が男をひっかけたのはテレクラだ。〝援助交際費〟は二万五千から三万円。男は端《はな》から金を払う気がなかったのだ。

「どうせ寝るつもりはなかったんやから、かまへんやんか」

「相手を見んかい。オヤジを狙《ねら》えというたやろ」

瑠美は二十歳だが、小柄で幼く見える。それを見越して、研次は美人局を持ちかけた。十日前に四十すぎのオヤジを脅して二十万を稼ぎ、その四日後には同じ手口で十八万を稼いだ。それが三回目にして、このザマだ。頭の弱い女と組むと、ろくなことはない。

研次はフローリングの床についた血を男のポロシャツとズボンで拭いた。トイレのタオルを固絞りにして力いっぱい拭く。最後にトイレットペーパーで水気をとると、血の痕《あと》は見えなくなった。

シャワーを浴びて、体についた血を洗い落とした。ブリーフとジーンズを穿き、替えのトレーナーを着る。瑠美も服を着替えた。

「さ、行こか」男の札入れとクレジットカードをポケットに入れ、車のキーを持った。

「ケン、顔が怖いわ」

いわれて気づいた。そういえば鼻の付け根がずきずきする。

玄関へ行って鏡を見た。左の眼の下が腫《は》れて赤くなっている。左のこめかみも内出血していた。

「くそっ、男前が台無しやんけ」

「喧嘩《けんか》、弱いからや」瑠美が笑った。

「どつくぞ、こら」頭を小突いた。

「ねぇ、ケン、〝チョコ〟買おうよ」

「それもええな」ミナミのアメリカ村あたりに行くと売人がいる。グラム一万円くらいだから、そう高くない。

ゴムぞうりを履いた。横に男のローファーがある。

「テーブルの上に紙袋があったやろ。持ってこい」

袋にローファーを入れて部屋を出た。瑠美が施錠《せじよう》する。研次はエレベーターのボタンを押した。

3

ローファーは児童公園横のゴミ集積場に捨てた。クレジットカードはライターの火で黒焦《と》げにし、札入れといっしょに集積場近くの下水溝に放り込んだ。大国町《だいこくちょう》のコンビニでタオルとゴミ袋とガムテープを買ったあと、アメリカ村に走ったが、ハシシは手に入れられなかった。御津《みつ》八幡宮《はちまんぐう》近くのホモバーに入って明け方まで飲み、車のところにもどったあとはなにも憶《おぼ》えていない。瑠美に揺り動かされて眼を覚ましたら、エンジンをかけたままリアシートで横になっていた。

「何時や」

「十一時すぎ」

「よう寝たな」

きのうのことは夢かと思った。しかし、タオルやゴミ袋が足元にある。

「水や、水くれ」頭が痛い。

「そんなん、ないわ」

「買うてこい」

「なんやの、えらそうに」瑠美は車を降りた。

研次は煙草を吸いつけた。ウインドーの向こうを人が歩いている。鞄《かばん》を提げた営業マン、書類を抱えたOL、トラックの荷降ろしをしている作業服の男たち、どいつもこいつも汗みずくで働いている。

なんでやねん。なんでこんなことになったんや――。

首を振り、舌打ちした。――おれやない、あの女が殺したんや。

瑠美と知り合ったのはキタのライブハウスだった。視線のさだまらないぼんやりした眼を見て、グラスを餌《えさ》に車に連れ込んだ。箕面《みのお》の山中でグラスを吸い、セックスをした。宿なしの瑠美が研次のアパートにころがり込んで、もう三カ月になる。

瑠美は高校を一年で中退し、あとは「プー子してた」という。母親と妹が奈良に住んでいるが、もう長いあいだ帰ったことがないらしい。どこでどんな暮らしをしていたのか、研次は訊《き》きもしないし興味もない。瑠美の左の足首に〝N・S〟というハートマークのタトゥーが入っているのが、前の男のイニシャルだと思う。

瑠美がもどってきた。コーラと缶ビールを持っている。

「どっち？」

「ビールや」素面《しらふ》ではいられない。

ひったくってプルタブを引いた。

千日前《せんにちまえ》の金物屋で、出刃包丁と柳刃包丁、金ノコ、軍手、洗剤を買い、日本橋《にっぽんばし》の鞄屋でデイパックとスポーツバッグを買った。恵美須《えびす》東を西に折れて大国町へ走る。ハイム・エンゼルの地下パーキングに車を駐《と》め、買ったものをみんなスポーツバッグにつめて車外に出た。玄関にまわってロビーに入る。フロントの係員がこちらを見たが、すぐに下を向いてパソコンのキーを叩《たた》きはじめた。

研次と瑠美は部屋に入った。施錠してドアチェーンをかける。

「うち、風呂場には入らへんよ」

「手伝えとはいわへんわい。おれひとりでやる。おまえはもういっぺんタオルで床を拭け。それが終わったら、部屋中の指紋を拭きとるんや」

研次は服を脱いで裸になった。軍手をつけ、包丁二本と金ノコ、ゴミ袋、ガムテープを持ってバスルームのドアを開ける。血の臭《にお》いが充満していて、思わず口を押さえた。換気扇のスイッチを押し、煙草を一本吸ってから中に入った。

死体は浴槽の中で仰向《あおむ》きになっている。正座をしたように突き出した膝《ひざ》、両腕を腹にのせ、胸から上はバスタオルとトレーナーで隠れている。

こんなもん、怖いことない。マグロやカジキといっしょや――。むかし、木津市場のマグロ問屋でトラックに乗っていたことがある。職人は二百キロもあるマグロをあっというまにさばいていた。

まず、足から切ることにした。膝を斜めにしようとしたが、動かない。凍りついたマグロのように筋肉が固まって、押しても引いても動かない。

そうか、これが死後硬直いうやつか――。出刃包丁の刃先を膝関節にあてた。軟骨のあたりを狙って突きたてると、二センチほど刺さって骨にあたった。皮膚が開いて、白っぽい脂肪が見える。血が少しずつ滲み出てきた。

ウェッ、胃が痙攣《けいれん》し、えずいた。喉《のど》の奥から茶色の液体が迸《ほとばし》る。排水口に向かって吐いた。嘔吐物《おうとぶつ》の臭いで、いっそう激しく吐く。床にへたり込んで肩で息をした。

くそったれ、根性出さんかい――。死体を始末しないと、また懲役だ。それに今度は、一年や二年のションベン刑ではない。

うがいをし、頭から水をかぶった。切り口を見るから吐いてしまうのだ。

黒いゴミ袋で両足を包み、テープをぐるぐるに巻きつけた。シャワーの水を浴槽に向けて出しっ放しにし、膝関節の少し下、脛《すね》に金ノコをあてた。眼をつむって挽《ひ》きはじめる。水の弾《はじ》ける音で、骨を切る音は聞こえない。一、二、三、四、五……。吐き気をこらえ、数をかぞえながら、ただひたすら金ノコを挽いた。

4

十月十日、富南署捜査本部は月見山に五十人の捜査員を投入し、左手首発見現場付近の捜索を開始した。

十月十二日、ホルマリン固定した親指の皮膚片から指紋が採取され、警察庁に指紋照会をした結果、被害者の身元——『木村久司。74年2月19日生まれ。27歳。元鉄筋工。本籍・愛媛県今治《いまばり》。現住所・不明。92年から95年頃まで神戸川坂会系摂津黒燿会《せっつこくようかい》の準構成員』が判明した。

捜査員は摂津に飛び、黒燿会周辺の訊込みを開始した。

四時四十分——。男の死体は四時間あまりかかってバラバラになった。研次は首、両腕、両手首、胴体、両太腿《ふともも》、両足(脛)、両足首の十一個のパーツと、バスタオル、トレーナー、ポロシャツ、ズボンを、それぞれ二重のビニール袋と二重のゴミ袋にくるみ、ガムテープを巻いて梱包《こんぽう》した。バスルームは隅から隅まで洗剤をかけて拭き、特に浴槽と排水口は髪の毛一本まで拾って念入りに洗った。

休むまもなく、胴体をスポーツバッグに押し込み、首と両手首をデイパックに詰め込んで、

「こら、テレビなんか見てんと、こっち来い」

瑠美を呼んでデイパックを背負わせた。

「これ、なにが入ってんの」

「生首や。後ろからおまえに噛《か》みつくぞ」

「あほ。気持ちわるいやんか」

「くそボケ。それを切ったんは、このおれじゃ」

カッとなって瑠美の横っ面《つら》を張りとばした。瑠美はデイパックを背負ったまま尻《しり》もちをつく。

「覚えとけ。今度えらそうな口きいたら、おまえをぶち殺す。分かったな」

瑠美は半泣きでこちらを睨《にら》んでいる。

研次はジーンズとトレーナーを着た。スポーツバッグのショルダーベルトを肩にかけて持ち上げる。重い。二十キロ以上だ。瑠美のデイパックも五、六キロはあるだろう。

「おれについて来い。離れるな」

部屋を出た。防犯カメラを意識する。足早に歩いてエレベーターのボタンを押した。一階に降りた。フロントの係員が顔を上げる。視線を合わさず、ロビーを通り抜けた。係員に変わった素振りはなかった。

玄関を出て、地下パーキングに降りた。ここには防犯カメラがない。

車のリアドアを開けて、カーゴデッキにスポーツバッグとデイパックを下ろした。胴体と首、両手首の包みを出して、ホイールハウスの脇《わき》に置く。ドアを閉めてロックした。

「すぐに部屋へもどるのはまずいな。時間をつぶそか」

「うち、腹ぺこや。なにか食べよ」

「食うたら吐く。ムカムカしてんのや」

「うちは腹ぺこなんや」

「じゃかましわい。勝手なことばっかりぬかすな」

頭に血がのぼった。瑠美が後ずさる。

「……ま、ええわい。おれは酒を飲む」

スポーツバッグとデイパックを提げてパーキングを出た。

JRの今宮駅前まで歩いて、串《くし》カツ屋に入った。瑠美はどて焼きと串盛りを食べ、研次は焼酎《しょうちゅう》を飲む。三合瓶を十分で空けた。

応接室の壁には飾り提灯《ちょうちん》がずらりと並んでいた。神棚の横に神戸川坂会五代目組長の写真が掛けてあるが、代紋はどこにも見あたらない。摂津黒燿会は〝金融業・黒田商事〟という看板を上げている。

「あんな半端《はんぱ》なガキ、いてまへんで。事務所の掃除させたら箒《ほうき》の使い方も知らん。電話番させたら相手を怒らせる。オヤジの車を運転させたら、むちゃくちゃ飛ばしてポリにひっつかまる。おまえんとこの若い衆は躾《しつ》けがなっとらんな、と本家筋から嫌味いわれて、オヤジも切れてしもた」

若頭の伊沢《いざわ》は吐き捨てるようにいう。「あのくそガキは組に四年も面倒かけたあげく、盃《さかずき》もらえずにケツ割りよったんですわ」

「木村が組を抜けたんは、九五年の……」

「暮れでしたな。あの頃から、わしらの懐《ふところ》も寒うなる一方や」

「金の切れ目が縁の切れ目かいな」府警捜査一課深町班の児島《こじま》が訊く。

「オヤジが放り出したんですわ。いうたら破門でんな。廻状はまわしてまへんけど」

「木村は、シャブは」大江が訊いた。

「やってまへんで」

「そらおかしいな。九七年の二月に覚醒剤《かくせいざい》所持で逮捕されてるがな」

逮捕時に撮影された木村久司の顔写真が全捜査員に配布されている。薄い眉《まゆ》、細い眼、尖《とが》った顎《あご》、左のこめかみから眉にかけて創傷があった。

「木村の逮捕と、うちの組とどんな関係がありまんねん」

伊沢は上体をかがめ、広げた膝のあいだにだらりと両手を下げる。「川坂会はシャブはご法度《はっと》でっせ」

「木村のこと、知ってるやつはおらんか。遊び仲間とか、つきおうてた女とか」

「うちの若いもんに立花いうのがおりまんねん。それとようつるんでましたな」

「わるいけど、その立花に連絡とってくれへんか」

「それがね、電話がないんですわ」伊沢は薄ら笑いを浮かべる。

「どういうこっちゃ、え」児島がいった。

「立花はね、監獄にいてまんねん」

5

六時半、ハイム・エンゼルに帰った。フロントには誰もおらず、カウンターの向こうは明かりが消えている。係員がいるのは午後六時までで、八時をすぎると玄関はオートロックになる。エントランスホールとロビーの防犯カメラは二十四時間作動しているから、妙な行動はできない。

研次がウィークリーマンションを借りたのは〝客〟を脅すためだ。ラブホテルは部屋の出入りが自由にできないし、シティーホテルは顔を見られるから客がいやがる。「うちのマンションに来て。そのほうが落ち着くし」瑠美がそう誘えば、客は警戒もせず部屋に入る。そういう意味で、ハイム・エンゼルはうってつけだった。

305号室にもどって、両腕と両太腿をスポーツバッグに入れ、両足と両足首をデイパックに入れた。バスタオル、トレーナー、ポロシャツ、ズボン、包丁、金ノコはまとめてゴミ袋に詰める。煙草《たばこ》を一本吸って部屋を出た。

地下パーキングに降りて、バッグとデイパック、ゴミ袋を車に積んだ。エンジンをかける。

「どこに捨てんの」

「南河内や。むかし、富南や河内長野にコンクリートがらを運んでたことがある」

「そんなん、初めて聞いた。いろいろしてたんやな」

「不法投棄や。道路にダンプ停めて、谷へがらを落とす。現場を見つかっても、文句いうてくるようなやつはいてへん」

そう、大阪府の保有林を狙《ねら》って捨てたのだ。「ほら、行くぞ」

セレクターレバーを引き、ヘッドライトをつけた。

大国町から天王寺、松崎町の金物屋に寄ってシャベルを買い、文《ふみ》の里《さと》入口から阪神高速道路に上がった。西名阪道の藤井寺インターで下りて、外環状線に入った。羽曳《はびき》野《の》から富田林《とんだばやし》、富南市へ。南へ進むにつれて道路沿いの建物は少なくなり、畑と空き地が眼につきはじめる。パチンコ屋の派手なネオンがフロントガラスを赤く染めた。

「ここらの風景も変わったのう。富南へ行くのは十年ぶりやで。死体を積んで走るとは夢にも思わなんだ」

「うち、こんな映画見たことあるわ」

「ほんまかい」

「砂漠の真ん中走ってんねん。屋根のない大きな車。かっこいい男と女が強盗するんや。ほんでトランクに死体を隠す。パトカーが追いかけるんやけど、バン、バン、ピストル撃って逃げる。最後は崖《がけ》から落ちるねん」

瑠美の話はまるで分からない。いつもそうだ。本人はちゃんと話しているつもりらしい。

富南市に入った。志田の交差点で外環状から離れ、志田川沿いの府道を東へ行く。山の家、農協倉庫、ブドウ選果場、青少年野外活動センターをすぎ、樫尾トンネルをくぐる。月明かりの下、志田川の川原に段々畑が開けていた。

「そろそろやな。どこかよさそうなとこがあったら、いえ」

上り坂、車のスピードを落とす。すれちがう車は一台もない。

山間の尾根を切り通した、すり鉢のような道を抜けた。左の雑草だらけの空き地に、《川砂・真砂土・生コン　新井興業》と、支柱が曲がって倒れかけた野立て看板があった。

「生コンの作業場やな」

車を停めた。看板の右横にはアスファルト舗装の進入路。路面がひび割れて雑草が生えている。作業場はかなり以前に閉鎖されたようだ。

ステアリングをいっぱいに切って、進入路に入った。草が車の底を擦《こす》る。ヘッドライトの円いビームの中を白い砂埃《すなぼこり》が舞った。

まっすぐ百メートルほど行くと、突きあたりにゲートがあった。赤錆《あかさ》びたH鋼の梁《はり》にスライド式の鉄扉《てっぴ》を吊《つ》るしている。ゲートの両側はブロック塀で、高さが二メートル以上ある。

「ねえ、どうするの」瑠美が訊《き》く。

「待て。考える」

重いスポーツバッグを担《かつ》いでブロック塀を乗り越えるのは骨が折れる。それに作業場の中がどんなようすかも分からない。進入路のまわりは雑木林で、蔓草《つる》が生い茂っている。

「めんどくさい。ここでケリつけよ」

エンジンをとめ、ライトを消して車外に出た。瑠美も降りる。

リアドアを開けて、スポーツバッグとデイパック、ビニール袋にくるんだ死体のパーツ、バスタオルやトレーナーを詰めたゴミ袋を下ろした。研次はシャベルとバッグを持ち、瑠美はデイパックを背負って、雑木林に分け入る。林の中はほとんど見通しがきかず、蔦《つた》が顔を打《こ》ち、湿った下草がジーンズにまとわりついた。

「ケン、懐中電灯買うたらよかったのに」

「じゃかましわい。おまえにいわれんでも分かってる」

この女はいちいち癇《かん》に障《さわ》る。「おまえがゴロツキ連れ込むから、こんなことになったんじゃ」

「なんやねん、男のくせに」

瑠美はわめいた。「うちはあんたのいうとおりにしただけや。わるいのは、あんたや」

「なんやと、こら」振り返った。

「殴らんかいな。あんたは女しかよう殴らんのや」

「…………」

「うち、いやになった。あんたと別れる」

「勝手にさらせ。ごちゃごちゃぬかすのは、これ埋めてからにせい」

また、歩きだした。ぶつぶついいながら瑠美はついてくる。

蔓に足をとられてバランスをくずした。膝《ひざ》から転んだが痛くない。落葉の厚く堆積《たいせき》した窪《くぼ》地だった。

「ここや。ここに埋める」

シャベルを突きたてた。地面は柔らかい。瑠美はデイパックを放り出して、煙草を吸いつけた。

「おまえ、ちょっとは手伝おうと思わんのか」

「シャベル、一本しかないやんか」

「ほな、車のとこ行って残りの包みをとってこい」

「そんなん、ひとりでよう行かんわ」

「あほんだら。死んでまえ」土を蹴《け》りあげた。

6

立花和男は今年四月、自動車盗と有印公文書偽造容疑で逮捕、起訴され、六月、豊中《とよなか》署から都島《みやこじま》の大阪拘置所に身柄移監されていた。大江と児島は接見手続きをとり、十月十三日の午後、立花に面会した。

「――木村とはよう遊んでましした。ちゃらんぽらんなやつでね、なにをしてもええ加減やから、しょっちゅう若頭《カシラ》にどやしつけられてた。若頭は木村が嫌いですねん。族上がりは腹がすわってへん、いうてね。おれも族上がりやから、なんとなし、木村とは気がおうた。あいつが組抜けてからも、たまに会うてましたわ」

アクリル板に顔を寄せて、立花はいう。ヤクザ特有の粘りつくような口調だ。坊主《ぼうず》頭、ひしゃげた鼻、薄い唇、顔色が生白い。

「木村を最後に見たんは、いつや」

「三月の初めかな。おれがパクられる、ちょっと前ですわ」

「あんた、木村のヤサ知ってるか」

「住之江《すみのえ》とか聞いたことはある。競艇場の近くのぼろアパートやと」

それは判明している。今治に住む木村の母親から聞いたのだ。

「木村は五月末にアパートを引き払うたんやけど、そのあとのヤサが不明なんや」

「へーえ、ヤサが分からん……」

立花は首をかしげて、「そら困りましたな」

「木村、女はいてなかったか」

「さあね、そういう話は聞かんかった」

「三月に木村と会うたときは、どんなようすやった」

「べつに変わったとこはなかったな。……ミナミで酒飲んだあと、あいつの連れがヘルスの受付してるいうから、いっしょに行って、一発抜きましてん」

「連れがヘルスに？　それ、どこや」

「京橋ですわ。京阪の駅から北へ歩いた商店街の外れに、風俗ビルが三、四軒、並んでる。あれは確か、『ブルーハウス』とかいう店やった」

研次は穴を掘り終えた。直径一メートル、深さは八十センチ。

スポーツバッグから両腕と両太腿《ふともも》、デイパックから両足と両足首の包みを出して、穴に放り込んだ。

「ほら、あとのパーツを運んでくるんや」首と胴と両手首が車のところにある。

軽くなったバッグとデイパックを肩に提げた。雑木林に道はないが、月に向かって西へ歩けば、さっきの進入路に行きあたるはずだ。

蔦を払い枯れ枝を踏みしだいて、研次は歩いた。足がだるく、体が重い。神経が張りつめて、頭の芯《しん》に寝汗をかいているような感覚がある。

もうちょっとや。死体を埋めたら片がつく――。

進入路に出た。車のリアタイヤのところに黒い包みが見えた。

研次はスポーツバッグのファスナーをいっぱいに開いて胴体を押し込んだ。瑠美はデイパックに首を入れる。

「ケン、なんか足らんような気がするんやけど」

「ん？ なにがや……」

「手首、ここにあったよね」

「ああ、あった」

「どこにもないねん」

「嘘《うそ》ぬかせ」バスタオルや包丁を詰めたゴミ袋はある。

研次は立って、あたりを見まわした。

ない――。スッと血の気がひいた。置いていたはずの両手首の包みがない。

「おかしい。こんなはずない」

車のカーゴデッキを調べた。なにもない。そう、両手首の包みは、確かに首の包みの横に置いたのだ。

「探せ。このあたりを探すんや」

眼をこらして車のまわりを一周した。車体の下にも、まわりにも黒い包みはない。

と、そのとき、ゲートのそばにいた瑠美が、悲鳴をあげて後ろに飛びすさった。

研次は走った。瑠美はすくんでいる。足下の草むらに包みがころがっていた。

「こ、これは……」ガムテープが剝《は》がれ、ビニールが破れている。

手首はひとつしかなかった。なにかが草むらを踏み荒らしたような痕《あと》がある。

「野犬や……」

研次はその場にしゃがみ込んだ。

7

都島区京橋。ブルーハウスはすぐに見つかった。マッチ箱を立てたような雑居ビルの三階だった。

エレベーターを降りると、すぐ右側に受付があった。出入口の内側にカーテンを吊るして、中が見えないようにしてある。

いらっしゃいませ——。ワイシャツに赤いベストの男がいった。指名は——。

「すんまへんな。客やないんですわ」

大江は手帳を差し出した。男の顔がこわばる。

「ちがう、ちがう。わしら、風紀係やない」

児島はいって、木村久司の顔写真を取り出した。「あんた、この男知らんか」

「ああ、ヒサシや……」

男はうなずいた。当たりだ。

「失礼やけど、名前は」

「晃《あきら》。石井晃」

「木村さんとは友達ですな」

「うん、そうやけど」

石井は二十代後半。肩まで伸ばした髪を金色に染めている。新聞の社会面やテレビのニュースには縁がなさそうだ。

「ヒサシがなにか……」いぶかしげに訊く。

「死んだんですわ。ちょうど一週間前、富南市のブドウ畑で左手首が見つかった」

「な、なんやて……」

「あんた、木村の住所、知らんかな」大江が訊いた。

「此花や。四貫島《しかんじま》のアパートやというてた」

「ひとりで住んでたんか」

「そう、ひとりや」

「木村の仕事は」

「なにもしてへん。ぶらぶらしてた」

「ぶらぶらするには金がいる。どこで稼いでたんや」

「知らん。聞いたことない」

たぶん、クスリだ。石井はとぼけている。

「此花のアパート、電話は」

「ある」石井はポケットから携帯電話を出した。メモリーボタンを押す。ディスプレイを見て、「06・6468・29××」

大江は番号をメモ帳に書いた。NTTに問い合わせれば、木村のヤサが割れる。

「あんた、木村とはいつからや」児島が訊く。

「もう二年ほど前かな、キタのピンサロでいっしょやった。ヒサシはウェイター、おれはサブマネ。二ヵ月もせんうちに、ヒサシは辞めたけどな」

石井は前髪をかき上げる。「つい、こないだやで。あいつの顔見たんは」

「木村に会うたんか」

「久しぶりにな」ぽつりぽつり、石井は話しはじめた。

九月三十日、日曜。昼すぎに木村から電話がかかって、石井はミナミに出た。道頓堀で焼肉を食ったあと、場外馬券場に入って、中継を見ながら最終レースまで勝負をした。

けったくそわるいのう――。木村は二万、石井は三万スッて、千日前の炉端に入った。酒を飲むうちに、女をひっかけようという話になり、近くのテレクラへ行った。石井はうまくいかなかったが、木村はデートの約束をした。

援交や。三万くれ、といいよった——。どこで会うんや——。大国町や。消防署裏の『ルージュ』いう喫茶店。女を見て気に入ったら、代わってやってもええぞ——。けど、三万は高いで——。おまえ、ヘルスの受付やろ。女のいうとおりに金払うてどないするんや——。ほな、おれも行くわ——。

タクシーを拾って大国町へ行った。ふたりはルージュに入って、別の席に座った。五分も待たないうちに、木村のいうオレンジのタンクトップに白のミニスカートを着た女が現れた。

「背は低いけど、けっこうええ女やった。トウモロコシのヒゲみたいな、ごわごわの茶髪で、小鼻のとこに金のリング入れてたな。ヒサシはおれのこと知らん顔で、さっさと出ていきよった。あほくさい。おれはひとりで家に帰った」

石井は小さく舌打ちをして、長い話を終えた。

研次と瑠美はゲートの周辺を探しまわった。左手首は見つからない。

「ほんまに犬がくわえていったんかな」

「ネズミがくわえていくんかい」

「な、どないしよ」

「じたばたしてもしゃあないやろ。犬は手首を食いよるわ。骨まで食うたらなにも残らへん」

いってはみたが、自信はなかった。手首が発見されたら警察が動きだす。このあたり一帯を捜索するにちがいない。

「あの穴に死体埋めるのはヤバい。奈良か和歌山に持っていくんや」

「せっかく掘ったのに」

「どつくぞ、こら。おまえは見てただけやないけ」

穴は埋めもどす。夜が明けるまでに死体を処分しないといけない。それを思うと体中の力が抜ける。「立たんかい。ぐずぐずしてる暇はないんじゃ」

デイパックを拾って瑠美に投げつけた。

8

地下鉄御堂筋《みどうすじ》線、大国町駅の改札を出たのは九時十分だった。ルージュの営業は午後九時までだが、京橋から電話をかけて、店を開けておいてくれるよう頼んである。

石井に聞いたとおり、大国町の交差点を西へ行った消防署の裏にルージュはあった。しもた屋を改装したのだろう、一階の前面にだけ緑のタイルを張り、二階部分を同じ緑色のテントで覆《おお》い隠している。

大江と児島はガラスドアを引いた。カウンターの向こうで、五十がらみの男がグラスを拭《ふ》いている。奥の厨房《ちゅうぼう》にはエプロンをした小肥《こぶと》りの女性がいて、どうやら夫婦で店を切りまわしているらしい。

「遅くなって申しわけありません。府警本部の児島といいます」

「富南署の大江です」頭を下げた。

「国広です。どうぞ、おかけください」

窓際《まどぎわ》の席に腰を下ろした。向かいに国広が座る。

大江は訊込《ききこ》みの目的を説明した。木村久司の顔写真を見せて、九月三十日の午後八時ごろ、石井という金髪の男とふたりで店に現れたのを憶《おぼ》えていないかと訊いた。

「――木村と石井は別々の席に座りました。それから五分ほどして、女が来た。女は木村と話をして、いっしょに出ていきました」

「さあ、どうだったかな……」

国広は写真をじっと睨《にら》んでいたが、「ごめんなさい。憶えてませんね」

「女の身長は百五十五センチ前後。ちりちりパーマの茶髪で、丸顔。小鼻にピアスをしてます。オレンジのタンクトップに白のスカートをはいてました」

「あ、その子だったら知ってます」

「えっ、そうですか……」

「よく憶えてますよ」

国広はうなずいた。「このあいだまではよく来てました。昼すぎに顔を出して、ビールを飲みながらランチを食べるんです。……そう、九月の中旬から二週間ばかり、毎日のように来てました」

「ということは、この近くに住んでる？」

「だと思いますが……」

国広は少し考えて、「そういえば、オレンジ色のタンクトップを見たのが最後ですね。あれからは一度も店に来てませんよ」

「女はいつも、歩いてきたんですか」

「車に乗ってきたこともありますね。シボレーのエクスプレスっていう、ばかでかい車。店の真ん前に駐《と》めるから迷惑なんですよ。車で来たときは男といっしょでした」

「それ、どんな男です」

「チンピラ風でしたね。パンチパーマにアロハシャツ。ゴムぞうりを履いてました」

そこへ、厨房にいた女性がコーヒーを運んできた。国広の隣に座る。話を聞いていたのだろう、

「あの女の子、この近くに住んでますよ」と、口早にいう。

「——というのは」

「ときどき、コンビニの袋を持ってました。ジュースやカップラーメンが入ってるんです。野菜やお肉は見なかったから、自炊はしてないんでしょうね」

なるほど、観察が鋭い。女性特有の視点だ。

「その、エクスプレスとかいう車の色は」児島が訊いた。

「白です」国広が答えた。「車体の横っ腹に絵が描いてありました。……花だったか、鳥だったか、なんか、けばけばしい絵でしたね」

「男の人相、特徴を教えてください」

「色が黒かった。ずいぶん日に灼《や》けてましたね。中肉中背で、年齢は……二十代の前半かな。ほとんど口をきかずに、マンガばかり読んでました」

小鼻にピアスをした女と、絵柄入りのアメ車に乗った男……、ふたりを追えば事件

の全貌《ぜんぼう》が見える。ありったけの捜査員を動員し、浪速署の応援を得て、この近辺のアパート、マンション、ホテル、駐車場をしらみつぶしにあたるのだ。

大江はテーブルのコーヒーにミルクを注いだ。軽くかき混ぜて飲む。ほどよい酸味があって、旨《うま》い。

9

汗が瑠美の背中にしたたり落ちた。瑠美は枕《まくら》に顔を埋め、脚を広げたまま動かない。半透明の精液が尻《しり》から腰のくぼみに流れていく。

研次は上体を離して、畳の上の煙草《たばこ》を拾った。ジッポーを擦ったが、火がつかない。オイルが切れている。

煙草をくわえて台所へ行った。板敷きの床がギシギシする。鍋《なべ》を洗い桶《おけ》に放り込んで、コンロのスイッチをひねったとき、ドアをノックする音が聞こえた。

「矢代さん、矢代さん」と、男の声。

なんや、大家か——。思った瞬間、虫が知らせた。声に聞き覚えがない。

足音をひそめて玄関へ行った。薄っぺらいベニヤのドアに耳をつける。外に複数の人間がいる気配があった。

「矢代さん、開けてください」

また、ノック。ノブをまわしている。

「誰や」返事をした。

「警察のもんです」

――頭の芯《しん》が冷たくなった。

「なんの用や」

「とにかく、ドアを開けてください」

「待て。いま裸なんや」

落ち着け。落ち着くんや――。足を引き剝《は》がすようにして、部屋にもどった。

「どないしたん」瑠美の不安げな顔。

「黙っとれ」研次はブリーフを穿《は》く。

なんでや。なんで警察が来たんや――。

死体は吉野の下市町《しもいちちょう》に埋めた。富南から二十キロ離れた山の中だ。

ハイム・エンゼルは下市からもどった日の昼にチェックアウトした。前払いした部屋代は二日分が無駄になった。

西淀川のアパートに帰ってからは、酒とセックスに明け暮れた。一週間ほどして、手首が見つかったことを知り、その五日後には、キムラヒサシの身元を知った。木村はやはり〝元暴力団準構成員〟だった。新聞には《警察は木村さんがトラブルに巻き込まれたとみて、その交遊関係を調べている》と書いてあった。あの記事を読んでから、もう半月が経《た》っている。

「起きんかい」

瑠美の尻を蹴《け》った。「押入れに隠れとけ」

カーテンの隙間《すきま》から外の道路を見下ろした。白いセダンが二台、アパートの玄関前に駐まっている。

「矢代、なにしてるんや」ドアを叩《たた》く音がした。いらだっている。

瑠美はTシャツとショーツをもって押入れに這《は》い込んだ。襖《ふすま》を閉める。

研次は服を着た。窓のカーテンを引き開ける。両手でつかんでぶら下がり、膝《ひざ》から外に躍り出る。庇《ひさし》を伝って右へ走り、塀際の通路に向かって飛び下りた。

「逃げたぞ。こっちや」

刑事がふたり、自転車を蹴散らして追ってくる。

研次はブロック塀に飛びついた。躙《にじ》り上がる。

「待て。矢代」

刑事に足首をつかまれた。渾身《こんしん》の力を込めてはねのける。ブロック塀を乗り越えた。路地を走り抜け、バス通りを渡った。公園を突っ切り、駐車場に走り込む。エクスプレスの陰に隠れてポケットを探ったが、キーがない。しまった、落とした――。と、そこへ足音がした。さっきの刑事が入ってくる。

膝が震えだした。頭の芯がぴりぴりする。

ふたりの刑事は左右に離れた。またひとりが現れて出入口をかためる。

「矢代、出てこい」声が近づいてくる。

研次は座り込み、車のフェンダーにもたれかかった。見上げた空には雲ひとつない。

へへっ、おもろい――。笑いがこみあげた。いつかはこうなるのだろうという予感が現実になった虚脱感。思考も動きも放棄して懈《だる》さに身をまかせた。

淡《あわ》雪《ゆき》

1

ふらつく足で鉄骨階段を上がった。カン、カンと乾いた足音が響き、手すりの隙間《すきま》から風が吹きつける。通路の壁はペイントが剝《は》げ落ち、床はモルタルが浮いて波うっている。

ドアに鍵《かぎ》を挿して開け、玄関に入った。下駄箱《げたばこ》にもたれかかり、靴の踵《かかと》を三和土《たたき》に打ちつけて脱ぐ。美紀のブーツを踏みつぶした。

「いやや わ。また飲んでる」

美紀がダイニングから顔をのぞかせた。「ちゃんと鍵かけといてよ」

いちいち、うるさいわい——。サムターンをひねってから廊下に上がった。足裏が冷たい。

「こら、スリッパ、置いとけよ」

「大きな声出しな。何時やと思てんの」

「まだ十二時すぎやないか」

ダイニングの椅子《いす》を引き寄せた。「翔太《しょうた》は」

「もう寝てる」美紀はレンジの横のテレビから眼を離さない。

「ビールや。喉《のど》渇いた」

「自分で出したら」

冷蔵庫を開けた。発泡酒が一本だけ、牛乳の隣にころがっている。

「おまえな、ビールぐらいほんまもんを買えよ」プルタブを引き、口をつけた。

「贅沢《ぜいたく》いいな。どうせ外で飲むくせに」

美紀は厭味《いやみ》たらしくいって、こちらを向いた。「今日のニュース、知ってる？　三重県深山町のゴミ。最終処分場の社長が警察に捕まったやろ」

「なんや、不法投棄かい」珍しくもない話だ。

「処分場のゴミの中に注射針や点滴の袋があるのが見つかって、警察が捜査に入ったんや。廃棄物なんとか法違反。処分場は操業停止やて」

「医療廃棄物は処分場に埋めたらあかんのや。あれは千何百度の高温の窯《かま》に入れて溶かさんといかん」

「けど、あんた、注射器なんかがゴミに混じってて危ないとか、いうてるやんか」

「あれは混じってるんやない。産廃に隠して埋めとるんや。ミネヤマもそれを知ってて病院のゴミを回収してる」

ミネヤマ興業——。大阪府最大手の産業廃棄物、一般廃棄物の処理業者だ。俊郎《としろう》はミネヤマ興業の下請の収集運搬業者、太田商事に雇われて大型ダンプに乗り、産業廃棄物の運搬をしている。ここ半年ほどは東大阪市西原の工業団地にあるミネヤマ興業の産廃処理センターと岡山県落合の最終処分場を往復する毎日だ。

「あんたがこのごろゴミを積んで行く岡山の処分場、なんていうたかな」

「OCC。……落合クリーンセンターの略や」

「もしも、そのOCCに警察が入ったらどうなると思う?」

「そら、えらい騒ぎになるやろ。三重の処分場と同じように医療廃棄物がぎょうさん埋まっとるんやから」

「それや、あんた」

美紀はひとりうなずいた。「うち、考えたんやけどな、OCCの近くの住人が注射器や点滴の袋を掘り出して、写真に撮ってOCCにねじ込むねん。これは法律違反や、役所や警察に知らせるぞ、と。……そしたら、OCCはどないする?」

「さあ、どないやろな……」

うるさい女だ。いちいち面倒なことを訊《き》いてくる。「——ここはひとつ穏便に、というふうに、相手の顔色をみて金をつかませるんとちがうか」

似たような話は何度か耳にしたことがある。私営の最終処分場は地元ボスやタカリ議員に相当な裏金を撒《ま》いているという。

「やっぱり……」美紀は低く笑って、またうなずいた。

「おまえ、さっきからなにをごちゃごちゃいうとんのや」

美紀はなにか企《たくら》んでいる。いつもならとっくに寝ているはずなのに、こんな時間まで俊郎を待っていたというのがおかしい。

「ニュース見て思いついたんや。これはあんた、すごいチャンスやで。三重の事件で産廃業者がぴりぴりしてるときに、OCCから口止め料をもらうんや」

「おれは産廃を運んで金稼いでるんやぞ。どこのよめが亭主にタレコミさせるんや」

「あんたは写真を撮るだけでいいんや。それをOCCとミネヤマに送りつける。ころあいをみて電話をかけたら、金を出しますというはずや」

「どあほ。恐喝やないけ。おれにヤクザの真似《まね》をせいというんか」

アルミ缶をテーブルに叩《たた》きつけた。泡が飛び散る。

「うちはもういややねん」

美紀はテーブルに肘《ひじ》をつけた。「給料はあんたが飲む。貯金はない。将来の夢もない。いつまでもこの狭いアパートから出られずに、親子三人がその日暮らしで生きていくやて、うちには耐えられへん」

「金がいるんなら働けや。パートでもなんでも、口はあるやろ」

「三つの子供を抱えて外に出られると思てんの」

「へっ、それやったらパチンコやめんかい。そこらの喫茶店で翔太に飯食わすな」

「パチンコはストレス解消や。あんたが酒飲むようにね」

「誰に食わせてもろて文句ぬかしとんのや。承知せんぞ」

美紀を睨《にら》みつけた。膨《ふく》れっ面《つら》で横を向く。

「風呂《ふろ》や。着替え出せ」

発泡酒を飲みほした。

2

ダンプの荷台が建設廃材でいっぱいになり、ショベルローダーが離れた。配車係がマニフェスト票（廃棄物管理票）を持って事務所から出てくる。俊郎はサイドウインドーを下ろしてマニフェスト票を受けとる。確認するのは廃棄物の容量だけだ。《コンクリート破片等―20立米《りゅうべい》》と書かれているが、実際は二、三立米、多めに積まれている。廃材の種類もコンクリートがらだけではなく、廃プラ、紙くず、木くず、金属くず、土砂、汚泥《おでい》と、事業所排出のゴミはなんでも混じっている。

配車係に手を上げて処理センターを出た。府道二四号線から近畿《きんき》自動車道、中国自動車道を経由して岡山に向かう。渋滞がなければ、片道三時間弱の行程だ。

午前十時、時計を見て、ラジオのスイッチを入れた。FMもAMもニュースを流していない。

今朝の新聞はミネヤマの事務所で読んだ。『最終処分場に医療廃棄物不法投棄。処分地を捜索、経営者を逮捕』――見出しは派手だったが、さほど大きな扱いではなく、記事の内容もありきたりだった。〝三重県警生活環境課は処分場の関係者から事情を聴取して医療廃棄物の委託排出者をつきとめ、排出者責任を追及する〃とあったが、そんなものはとっくに内偵済みだろう。今日、明日には中間処理業者や医療機関（たぶん、複数）にも家宅捜索が入るはずだ。

このおれがOCCとミネヤマを脅迫する——？

昨日はかなり酔っていた。美紀を怒鳴りつけはしたが、よくよく考えてみると、そうわるいプランでもない。OCCは「コンクリート・アスファルトがら、残土等の建設廃材を主とする不燃性産業廃棄物」を投入する安定型処分場であり、そこに紙くずや木くずや汚泥、まして医療廃棄物を埋めるのはきわめて悪質な不法投棄なのだ。

脅迫は金になる。まちがいない。それも数百万から一千万——。

がしかし、俊郎にとっていちばんのネックは顔と声が割れていることだ。OCCとミネヤマに接触するのは岡山の地元住民でないといけないし、要求が脅迫と受けとられてもいけない。口止め料はあくまでも〃解決協力金〃として出させる必要がある。

脅迫はプロにさせるか——。

知り合いの組員は何人かいる。むかしの暴走仲間もいる。みんな、話には乗ってくるだろうが、後腐れのないようにするのはむずかしい。

美紀を使うか——。

あいつはものを考えない。なんでも行きあたりばったり、思いつきで動く。口先だけで度胸もないくせにおれをそそのかす。

金は喉から手が出るほど欲しい。美紀の実家と俊郎の母親に借金が百六十万。返す気はさらさらないが、これ以上の借金はできない。中古ダンプを買ったときの頭金、百二十万も太田商事に借りたままだ。

美紀には黙っているが、サラ金の借金もある。三社を合わせて七十万を超えているはずだ。ひょっとすると美紀もサラ金に走っているかもしれない。あいつはもう半年以上、パチンコに狂っている。

俊郎はまだ二十九だ。遊びたい盛りに遊ぶ金がない。懐《ふところ》の寒い男に女はなびかず、月に一回の風俗もままならない。毎日あくせくと神経をすり減らしてダンプの運転をし、家に帰れば翔太がまとわりつき、美紀は飯もまともに作らない。

くそおもしろくない。このまま腐ってどないするんや——。

前を走る軽四に、パッシングした。

中国自動車道落合《おちあい》インターを出た。旭川に沿って県道を南へ走る。宮前の交差点を右折して三分、山間《やまあい》の尾根を切り通した狭隘部《きょうあいぶ》を越えると、旭川の支流の谷に堆《うずたか》く積み上げた廃材の山が見えてきた。深い轍《わだち》の進入路の入口に、《残土・建設廃材等引き受けます　ＯＣＣ・落合クリーンセンター》と、土埃《つちぼこり》で字の消えかかった野立て看板がある。

進入路を百メートルほど進み、ゲートを抜けた。プレハブの事務所の前にダンプを停める。トラックヤードにほかのダンプは見あたらない。事務所から赤い野球帽をかぶった爺《じい》さんが出てきて、廃材を検分し、よし、とうなずいた。

ミネヤマ興業は事業所から排出する産廃を立米あたり七千円から八千円で収集し、これを分別処理したあと、下請の太田商事に10トンダンプ一台（約二十立米）あたり九万三千円でＯＣＣへ運搬させている。ミネヤマの年間売上は産廃と一廃（一般廃棄物）を合わせて四十億円、太田商事の年間売上は三億円を超えるという。

マニフェスト票を爺さんに渡して印鑑をもらい、泥田のような坂を降りた。現場は紙くずやビニールが風に舞っている。ＯＣＣの容量は百十万立米。広大なすり鉢状の谷のほぼ半分は廃材で埋まり、あと二年もすれば満杯になる。そうして関西圏の処分場は次々に寿命を終え、ミネヤマはまた、より遠くの処分場と契約を交わすのである。

ゴミの山のふもとまでダンプをバックさせて荷台を傾けた。車体が揺れ、廃材が滑り落ちる。まだ昼休みなのだろう、トラクターやショベルローダーは停まったままで、あたりに人影はない。

俊郎はダンプを降りた。廃材のあいだを縫ってゴミの山をのぼる。廃プラや紙くずが散乱し、ドブのような悪臭が鼻をつく。産業廃棄物とはつまり、事業所から排出されたゴミであり、そこにはプラスチックの包装材に残された食品くずや賞味期限切れの食品など、あらゆる有機性のゴミが入り込む。それをいちいち分別する人手や費用は誰も負担しないのだ。

俊郎は医療廃棄物を探した。いままで何度も運び込んだことがあるのに、いざ探すとなると見つからない。汚泥、燃えがら、アスベスト混じりの断熱材、廃油の缶など、不法投棄を証明するものはいくらでもあるが、脅迫のネタにするには、やはり医療廃棄物だ。

「おい、そんなとこでなにしてるんや」

ふいに後ろから声をかけられた。驚いて振り向く。グレーの作業服を着た男だった。

「いや、小便しょうと思て」咄嗟《とっさ》にいった。

「そうか」男はトラクターのほうへ歩いていった。

こらあかん。休みの日に出直しや――。俊郎はゴミの山を降りた。

3

二月二十五日、日曜――。

翔太を前日からおふくろに預けて、岡山へ向かった。美紀はアストロの助手席にもたれて、眠い、しんどい、とぶつぶつ文句をいう。

「じゃかましい。もとはといえば、おまえが撒いたタネやないけ」

「まさか、本気にするとは思わへんもん。……脅迫はあんた、犯罪なんやで」

「どついたろか。いまさら、なにぬかしとんや」

「わたしはちょっとヒントをいうただけや。あんたがひとりでやったらいいねん」

「あほんだら。おまえ、誰の稼ぎで食うとんのじゃ」舌打ちした。

昼前にアパートを出るまで、美紀には岡山へ行くとはいわなかった。夫婦ふたりの久々のドライブと思った美紀は、一時間もかけて化粧をし、アルマーニのジーンズに豹柄《ひょうがら》のフェイクファーコートを着てめかしこんでいる。

「ゴミの山にのぼってゴミをかきわけるやて、わたしは絶対にいややからね。なにが悲しいてゴキブリみたいな真似せんといかんのよ」

「いつまでもしつこいのう。ええ加減にせんかい」

「な、有馬温泉でも行って、おいしいもん食べて帰ろ」

「ふざけんな。そんな金がどこにあるんじゃ」

怒鳴りつけた。「代われ。運転」

「こんな大きな車、よう運転せんわ」

「ほな、黙っとれ。こんど、ごちゃごちゃぬかしたら蹴《け》り倒すぞ」

それでようやく静かになった。美紀はふてくされたようにシートを倒し、ダッシュボードにブーツをのせる。

「どけんかい、こら」

「うるさいね」

「どけろ」

網目のストッキングの膝《ひざ》のあたりを拳《こぶし》で思いきり殴りつけた。美紀は痛いともいわない。厭味《いやみ》たらしく脚を組み、こちらを睨みつけて煙草《たばこ》を吸いつけた。

美紀と知り合ったのは、俊郎が十七歳、高校を中退し、ミナミのキャバレーでボーイをはじめたころだった。店がはねて宗右衛門町《そえもんちよう》をぶらついているとき、ラーメン屋から出てきた美紀と眼が合ったのだ。「あんた、うちのボーイさんとちがう？」と声をかけられ、誘われて新歌舞伎《かぶき》座裏のゲイバーに行った。美紀は酒が好きでぐいぐい飲む。俊郎もつきあってボトルを一本空けた。朝になって寝込んでしまった美紀を津守《つもり》のアパートに連れて帰り、セックスをした。美紀とはふた月ほどつきあったが、俊郎はバーテンと殴りあいの喧嘩《けんか》をしてキャバレーを辞め、それで美紀とも切れてしまった。俊郎はキタに移ってキャバクラやピンサロ稼業《かぎょう》をつづけたが、どこも長続きせず、中学時代の連れの紹介で玉出《たまで》の運送会社に就職した。

大型トラックの運転免許をとって運送会社を辞め、太田商事に雇われたころから、俊郎はまた遊びはじめた。毎日のように酒を飲み、金があればミナミへ繰り出す。笠《かさ》屋町《やまち》のラウンジで美紀に再会したのは二十五歳の夏だった。俊郎は美紀とよりをもどして同棲《どうせい》。翔太を妊娠して籍を入れる段になって、はじめて美紀のほんとうの年齢《とし》を知った。美紀は俊郎より七つも年上だった。

午後三時、ＯＣＣに着いた。ゲートが閉まっている。ゴムびきの軍手とカメラを上着のポケットに入れてアストロを降りる。ゲートのスイッチボックスには頑丈そうな南京錠《なんきんじょう》がかかっていた。

「降りてこい」美紀を呼んだ。

美紀はさもうっとうしそうに外へ出てきた。吸っていた煙草を捨てる。

「ああ、寒《さ》む。そこ、開けてよ」

「無理や。乗り越えんかい」

「服が汚れるわ」

「おれを怒らすなよ」

「なんやの、えらそうに」

美紀はフェイクファーのコートを脱いで、こちらに放った。赤錆《あかさ》びたゲートにとりつく。高さは百三十センチほどか。俊郎は美紀の尻《しり》を押してゲートを越えさせ、つづいて乗り越えた。

「臭いな。なんのにおい？」

「ゴミやないけ。夏は鼻がひんまがるほど臭いぞ」

「ふーん。そう」美紀はコートを着た。

トラックヤードから埋立現場へ歩いた。湿った風が吹き、空が暗い。いまにも降りそうな雲行きだ。疎《まば》らに生えた灌木《かんぼく》、重機と廃材のほかにはなにもない荒涼とした景色。カラスの一羽も飛んでいない。

ゴミの山にたどりついた。

「さ、探せ。医療廃棄物」美紀にいった。

「どうやって探すのよ」

「そこらにポリ袋や段ボール箱がころがってるやろ。片っ端から破ってみるんや。薬の瓶とか注射器が出てきたら、おれにいえ」

軍手の片方を差し出した。美紀は両手をポケットに入れたままあとずさる。

思わずカッとした。軍手を叩《たた》きつけて美紀につかみかかり、突き飛ばした。美紀は尻餅《しりもち》をついて大げさな悲鳴をあげる。土塊《つちくれ》をつかんで投げてきた。

「あほ。女に手出しするのは最低や」

「おれが最低なら、おまえはなんや。おれの糞《くそ》にたかる糞虫やないけ」

「糞虫でけっこう。うちはなにもせえへん」

「勝手にさらせ」

軍手を拾ってゴミの山にのぼった。それらしい段ボール箱やビニール袋を見つけては蹴り破る。目当てのゴミはない。空はいっそう暗くなり、白いものが舞いはじめた。

そして一時間——。

雪は処分場を覆《おお》い尽くした。灌木の斜面もゴミの山も、すべてが淡雪《あわゆき》に包まれる。

俊郎はついに医療廃棄物を見つけた。針がついたままの注射器、点滴のチューブ、袋、瓶、薬のシート、錠剤、脱脂綿、それらが泥に埋まった薬品の段ボール箱にぎっしり詰まっていた。俊郎は廃棄物を箱の周囲に広げて、角度と背景をかえながらフィルム一本分の写真を撮った。ずぶ濡《ぬ》れになって山を降り、トラックヤードにもどったが、美紀の姿がない。アストロのキーは俊郎が持っているから、美紀はどこにも行けないのだが……。

「こら、どこにおるんや」

呼びかけると計量小屋の陰から美紀が出てきた。どこで拾ったのか、ビニール傘をさして震えている。

「見つけた？」

「ああ。写真も撮った」

「フラッシュは」

「焚《た》いた」

「あんた、びしょ濡れやんか」

「雪が溶けた。ケツの毛まで凍えとるわ」

美紀の傘をひったくった。

アストロに乗った。エンジンをかけてヒーターを最強にし、濡れた服を脱いだ。着替えの服は普段から積んでいる。Tシャツからパンツまで、すべて替えたが、震えがとまらない。何度もくしゃみをした。

「風邪ひいたわ」

「こんな雪の日に来たからや」

「おまえのいうことなすこと、いちいち気に障《さわ》るのう」

ヘッドライトを点《つ》け、ワイパーを作動させて走り出した。「――おれは材料をそろえた。脅しはおまえの役目やぞ」

4

《落合クリーンセンター（以下OCCとする）は安定型最終処分場であるにもかかわらず紙くずや木くずや泥や灰や廃油などを埋めている。これは明らかな不法投棄であり地域住民はこれまでに警告を繰り返してきたが改善されず、近ごろは医療廃棄物まで埋める状況である。我々はOCCならびに契約処理業者であるミネヤマ興業を岡山県生活環境部と大阪府警と岡山県警に告発するつもりであるが、OCCならびにミネヤマ興業が不法投棄を反省し改善策をとるときは敢《あ》えて告発を猶予《ゆうよ》するものである。なお医療廃棄物不法投棄の証拠として写真を同封する》

三時間もかかって作ったワープロの脅迫文を用紙に刷り出した。我ながらいい出来だと思う。〝敢えて告発を猶予するものである〟というくだりが特にいい。

「どうや、このインテリふうの文章。いかにも反対運動してる連中が書きそうやろ」

美紀に読ませると、ひとつあくびをして、

「これ、どこが脅迫になってんの？」

「あほか、おまえは。いきなり〝金を出せ〟てな手紙を書いてどないするねん。じわじわ真綿で首絞めるように脅すのがコツなんや」

「けど、これではなんのことやら分からへん」

「〝告発を猶予する〟というとこがミソやないけ。これでぴんと来んやつはよっぽど鈍い」

「ほな、うちは鈍いんかいな」

「おまえはただのノータリンや」

「あ、そう」美紀は用紙を炬燵《こたつ》の上に放り出した。

「おまえ、宛名《あてな》を書け」封筒とボールペンを美紀に渡した。

「いやや。ワープロで書き」

「封筒には刷れんのや」

「宛名を書いた紙を切って貼《は》ったら」

「それもそうやな」

「ワープロの文字から足がついたりせんやろね」

「心配ない。どうせ拾い物や」

ワープロは粗大ゴミだった。一般廃棄物も収集しているミネヤマにはあらゆる家財道具や電気製品が運び込まれる。ステレオ、ラジカセ、サイドボード、炬燵、この居間にある家具類に金を出して買ったものはない。

ミネヤマ興業とOCCの住所を印刷し、スティック糊《のり》でハトロン紙の定形封筒に貼りつけた。四つ折りにした脅迫文と写真二枚ずつを入れて封をする。指紋がつかないように、俊郎と美紀は布手袋をしている。

「手紙は明日、梅田の中央郵便局へ行って、速達で出せ。切手は絶対に舐《な》めるなよ」

「わざわざ中央郵便局まで？」

「消印や。このあたりの郵便局ではヤバいやろ」

「切手を舐めたらあかんのは？」

「唾《つば》や。調べたら血液型が判《わか》る」そんなミステリードラマを見たことがある。

「あんた、すごい悪知恵やな」美紀は感心したようにいう。

「手紙がとどいたころを見計らって電話をかけるんや。民政党の亀岡《かめおか》静雄の秘書です、というてな」

「どういうことよ」

「亀岡はな、岡山、広島の産廃業者を牛耳《ぎゅうじ》ってるんや。亀岡の事務所は収集運搬や処分場の許認可を仕切って、立米あたり五十円のカスリをとってるという話や」

美紀はぽんやり口をあけている。亀岡静雄が〝民政党亀岡派〟のボスというのも知らないだろう。「亀岡の秘書はOCCにこういう。……落合の地域住民から事務所に手紙が来た。医療廃棄物の写真が同封されてる。おたくの処分場は不法投棄をしてるのか、とな」

「うん……」

「OCCはこう答える。……こちらにも同じ手紙がとどきました。えらいことです。どうしたらいいですか。……そこで秘書はいう。……OCCの不法投棄が事件になったら亀岡も迷惑する。ここはわたしが対処するしかないだろう。ついては経費が必要だから、亀岡事務所の裏口座に金を振り込みなさい」

「俊ちゃん、頭いいやんか。脅迫の犯人やなくて、政治家の秘書のふりするんやな」

「どや、びっくりしたか。これがほんまの悪知恵や」

笑いがこみあげた。「いまのセリフはおまえが喋《しゃべ》るんやぞ」

「なんやて……」美紀はのけぞった。

「おれはＯＣＣに顔見知りがおる。声を聞かれたらヤバい」

「けど、政治家の秘書は……」

「女の秘書もぎょうさんおるわい」

「あかん、あかん、あかん」

美紀は大げさにかぶりを振った。「うちにはできへん。秘書のふりなんか無理や」

「無理もヘチマもあるかい。おまえが話さんことには、金にはならんのじゃ」

危ないことはまっぴらだ。自分は裏で糸をひいて美紀を踊らせる。「いまから稽古《けいこ》しとけ。おまえは海千山千の代議士秘書なんやぞ」

いくら要求しようかと考えた。少なくとも五百万……。いや、一千万でもいい。

5

月曜日——。

朝七時から建設廃材を積み込み、七時半にミネヤマの処理センターを出た。週明けのせいか、ひどく渋滞している。十一時前、ＯＣＣ着。廃材を捨てた。

落合インターから院庄《いんのしょう》インターまで中国自動車道を走り、国道五三号線を南下した。午後一時半に岡山市内に入り、〝亀岡事務所の裏口座〟を開設する適当な銀行を探す。大手銀行よりは地方銀行か信用金庫のほうが裏口座らしくていいだろう。

ＪＲ岡山駅の西、寿町《ことぶきちょう》の事務用品店で『山本』という認印を買い、近くの岡山銀行に入った。普通預金口座開設の申込みをしたが、行員は本人確認が必要だといい、キャッシュカードは自宅へ郵送すると説明した。「ここに印鑑があるがな」「いえ、お客さまの住所氏名を証明するものが必要なんです」——押し問答の末に、諦《あきら》めて岡山銀行を出た。口座を開くのがこんなに面倒だとは知らなかった。

夜、アパートに帰ると、美紀は中央郵便局から手紙を投函《とうかん》したといった。切手は局員が貼ったという。速達の手紙は明日、ミネヤマ興業とＯＣＣにとどく。ぐずぐずしていられない。

火曜日——。

ミネヤマ興業とＯＣＣに変わったようすはなかった。

夕方、東大阪市野中の太田商事にもどり、トラック置場にダンプを駐《と》めて事務所に寄ると、太田が煎餅《せんべい》をつまんでいた。

「おう、茶でも飲むか」

太田はこちらを振り仰いだ。皺深《しわぶか》い土気色《つちけいろ》の顔。太田は肝臓をこわして酒が飲めない。

「社長、保険証ありませんか」

「誰が使うんや」

「おれです。親不知《おやしらず》で」顔をしかめてみせた。

「歯医者か」

太田はデスクの抽斗《ひきだし》に鍵《かぎ》を差し、中からブリキの菓子缶を出して蓋《ふた》をとった。クレジットカード、キャッシュカード、免許証、保険証などが束になっている。

「小沢和彦《かずひこ》、大阪府羽曳野《はびきの》市桜丘西一－三－六－五〇四。生年月日は昭和四十六年九

る。

国民健康保険被保険者証。有効期限は平成十三年三月末で、まだ一ヵ月の余裕がある。

「はい。それで。年格好が合う」

月。これはどないや」

太田が保険証やカード類をため込んでいるのは、それらがゴミの中に混じっているからだ。世の中にはこういった金目のものに対する管理意識の薄い人間がいくらもいて、ゴミといっしょについうっかり捨ててしまう。預金通帳、印鑑、株券、現金、金地金、宝石、貴金属——。特に建物を解体した廃材や引越しゴミには信じられないほど多くの貴重品が混じっている。解体屋や収集業者は見つけた現金や貴金属を余禄《よろく》にするが、保険証やカード類は金にしにくいからまた捨てる。太田はそこに眼をつけて、事務所に出入りする連中からカード類を集め、菓子缶にいっぱいになると、顔見知りの不良外国人グループに売って小遣い稼ぎをしている。

「ほな、失礼します」

保険証をポケットに入れて事務所を出た。

水曜日——。

ミネヤマとOCCのようすはいつもと同じだった。

午後二時、岡山市内伊島町《いしまちょう》で『小沢』の認印を買い、備徳信用金庫で口座開設の手続きをした。係員は保険証を確認して『亀岡後援会岡山北支部』名義の通帳を作ったが、キャッシュカードの送付先は保険証に書かれた住所でないといけないという。ここでもまた押し問答をしたが、埒《らち》はあかない。口座ができただけでよしとして通帳を受けとり、信用金庫を出た。


「よっしゃ、明日が本番や。おまえ、亀岡静雄の地元秘書になったつもりでOCCに電話してみい。おれはOCCの社長や」

翔太を早めに寝かせて、美紀と向かいあった。

「ほんまにわたしがするんかいな」美紀はぐずぐずいう。

「おれは明日も仕事やぞ。悠長に電話なんぞできるかい」

俊郎が処分場にいるときに電話がかかるようにすれば申し分ない。誰も俊郎を疑わないだろう。

「あんたがしたらいいやないの。携帯で」

「ばかたれ。携帯は無線やぞ。ヤバいことを話せるかい」

「うちはどもるんやで。緊張したら」

「ごちゃごちゃぬかすな。喋ってみい」

「——もしもし、OCCですか」美紀は天井を向いて話しはじめた。

「もっと、はきはきと。OCCやのうて、落合クリーンセンターや」

「もしもし、落合クリーンセンターですか」

「はい、そうです」俊郎は相手をする。

「社長、いますか」

「どあほ。先に自分の名前をいわんかい」

「どういうのよ」

「わたくし、民政党亀岡静雄の秘書で、小沢と申します」

「わたくし——」美紀は復誦《ふくしょう》した。イントネーションは、べたべたの大阪弁だ。

「代わりました。社長の佐藤です」

「そちらの会社に手紙がとどきましたよね。医療廃棄物の写真が……」

「待たんかい。OCCに手紙がとどいてることが、なんで分かるんや」

「だって、うちが出したやんか。中央郵便局から」

「おまえは亀岡の秘書なんやぞ。ネタをばらしてどないするんじゃ」

「えらそうにいうんやったら、あんたが喋ってみてよ」

「実は、わたしどもの事務所に落合地区の住民から封書がとどきました。落合クリーンセンターに医療廃棄物が投棄されている写真が同封されています。手紙にはOCCを生活環境部や岡山県警に告発すると書かれていますが、この不法投棄は事実なんですか」

「そんなむずかしいこと、喋れるわけないやろ。紙に書いてよ」

「書いたら喋るんかい」

「読むぐらいならできる」

「もうええ。おれは眠たなった。練習はまた明日や」

「なんやの。勝手なことばっかりいうて」

「ちょっと、こっち来い」

炬燵《こたつ》を押しやって美紀を引き寄せた。太股《ふともも》のあいだに手をこじ入れる。美紀は少し抗《あらが》ったが、すぐに力を抜いた。俊郎はスカートをたくしあげ、ショーツの裾《すそ》から指を入れた。美紀は小さくあえいだ。

指を這《は》わすと、美紀はもう潤《うる》んでいた。俊郎は片方の手でベルトを外し、ズボンを下ろす。ショーツを剝《む》くなり、後ろからあてがった。美紀はカーペットに肘《ひじ》をつき、尻《しり》を突き出して迎え入れた。

6

手紙を出して一週間が経《た》った。美紀はいくら教えてもまともに話せない。

俊郎はしびれを切らせた。タイムリミットだ。

三月五日、月曜——。OCCに廃材を下ろしたあと、落合インター近くのドライブインに寄った。テレフォンカードを三枚用意して公衆電話ボックスに入り、受話器の送話口にハンカチを巻きつける。喋る内容をメモ書きしたノートを広げ、ひとつ深呼吸してOCCの番号を押した。

——落合クリーンセンターです。

——民政党亀岡事務所の小沢と申しますが、社長さん、いらっしゃいますか。

——社長はここにいません。津山の事務所です。

——あ、そうか……。

うっかりしていた。OCCの本部事務所は落合から三十キロほど東へ行った津山市内にある。将来、落合の処分場が満杯になれば、また適当な谷を買収して新たな処分場を造成し、そこの地名をとって『××クリーンセンター』と名称を変えるのだろう。

本部の電話番号と経営者の名前を聞いてフックを下ろした。テレフォンカードを差して、すぐにかけなおす。

——はい、OCC。

——民政党亀岡静雄事務所の小沢と申します。北村社長をお願いします。

——北村はわしです。

低く嗄《しゃが》れた声。肥《ふと》った初老の男を思い浮かべる。

——実は、少し困った問題が起きまして、電話をしました。

——はあ……。

——先週、落合地区の住民から匿名《とくめい》の封書が亀岡事務所にとどきまして、OCCは医療廃棄物の不法投棄をしているから生活環境部と警察に告発する、という手紙に、写真が二枚同封してありました。この不法投棄が事実であれば、落合地区を選挙地盤とする亀岡も見すごすわけにはいかないということで、わたしが調査するよう指示された次第です。

ノートの文章を一気に読み上げた。北村はなにもいわず、反応がない。

——北村さん、医療廃棄物の投棄は困りますよ。三重県深山町の最終処分場の経営者が逮捕されたことは知ってるでしょ。

追い打ちをかけた。北村は黙っている。

——社長、聞こえないんですか。

——よう聞こえてます。……わしには憶《おぼ》えがありませんな。

——憶えがない？　わたしの手元には写真がありますよ。

——あなた、その写真がどうしてOCCだと分かるんです。

——写真の背景はOCCですよ。谷の形状を見ればまちがいない。

——わしはね、念のために現場へ行ってみたんです。医療廃棄物はどこにもなかった。写真はなにかのまちがいです。

意外な答えだ。俊郎は言葉につまる。

——ま、紙くずや燃えがらや泥が不法投棄だといわれたらしかたないけど、それはどこの処分場でも似たりよったりです。多かれ少なかれ、不法なゴミは混じってしまう。その責任はゴミを分別しない排出業者や中間処理業者が負うべきものだと思いませんか。OCCは廃棄物処理法を遵守《じゅんしゅ》し、マニフェストシステムに則《のっと》って操業してるんです。

——それでは、この手紙は……。

――単なる嫌がらせですな。怪文書はこの業界につきものです。亀岡先生に伝えてください、一切、ご迷惑はかけません、とね。

電話は切れた。とりつくシマもなかった。


俊郎は野中の立呑《の》み屋で夕方から酒を飲んだ。いくら飲んでも酔えない。馴染《なじ》みのスナックを二軒まわり、アパートに帰り着いた途端に気分がわるくなった。トイレに入って飲み食いしたものをみんな吐き、炬燵に倒れ込んだ。

「吐くまで飲みな。もったいない」

珍しく、美紀が水を持ってきた。メッシュ入りの茶髪をカーラーだらけにしている。

「今日、OCCに電話したんやろ」

「あかん。あんなやつはどないもならん。蛙《かえる》の面《つら》にションベンや」

経緯を話した。また胸がわるくなる。

「ミネヤマには電話してないんかいな」

「したがな。OCCよりひどい。総務の部長が、そんな手紙は知らんといいくさった」

「それであんたは尻尾《しっぽ》まいたんかいな」

「あほぬかせ。ここは作戦練り直しや」

「写真はぎょうさんあるやんか。岡山の警察に送り。落合の役場や県の環境部にも送るんや」

「おまえな、三重の不法投棄みたいな事件になってしもたら、金にならんのやぞ」

「ほな、ほかに手はあるんかいな」

「さあな……」

まわらぬ頭で考えた。アイデアはない。「もう、めんどくさいわ」

「あほ。なんのために岡山の口座を作ったんや。あの雪の降る凍えるような日にゴミを漁《あさ》ったんは、ただの暇つぶしか」

「うるさいわい。おまえは傘さして煙草《たばこ》吸うてただけやないけ」

「うちは中央郵便局まで行って手紙を出したわ」

口の減らない女だ。経済観念はないくせに強欲で執念深い。翔太がいなければ、とっくに放り出している。

「写真を送って。そしたらOCCやミネヤマに警察が来る。亀岡静雄の秘書が、事件を揉《も》み消しますというわけや」

「おまえの頭は簡単やのう。羨《うらや》ましいわ」

いいつつ、生活環境部に告発するのはいいかもしれないと思った。ＯＣＣに調査官が来れば、北村はあわてる。そこにつけ込むのだ。

「――分かった。いうとおりにしたる。残りの写真を送らんかい。岡山県庁と警察や」

「手紙はあんたが書くんやで。ワープロで」

「おまえはなにもせんのかい」

「中央郵便局へ行くやんか」

美紀はあくびをした。

7

そして半月――。

ＯＣＣのようすはまるで変わらない。県警の捜索はおろか、生活環境部の調べが入ったという話も聞かない。

写真は確かに郵送した。岡山県警生活環境課と県庁生活環境部、それと落合町役場だ。

三月二十一日、午前十一時。落合インター近くのドライブインから津山のＯＣＣ本部に電話をした。

――はい、ＯＣＣ。

――先日、お電話しました民政党亀岡事務所の小沢です。

――あ、どうも。

――また事務所に封書がとどきました。今度は写真が五枚です。北村さん、これはやはり落合の処分場ですね。

――失礼だが、おたくもしつこいですな。そういう怪文書のたぐいを真《ま》に受けてもらっては困る。

――しかし、わたしの立場としては知らん顔をできないんです。

――亀岡先生はどういってるんです。

――亀岡には報告しません。地元のことは地元で処理します。

――先生には世話になってるが、こちらもそれなりのことはしてるつもりだ。くだらんものが出まわらないようにするのが、あんたの仕事じゃないのかね。

――そう。だからこうして電話してるんです。

――どうも話が嚙《か》み合いませんな。わしにどうしろというんです。

——はっきりいいますと、この騒ぎを収めるために経費が要ります。それを負担してもらえませんか。

——経費ね。……いくら？

——とりあえず五百万。亀岡後援会に振り込んでいただければ。

——あんた、気は確かかね。

北村は弾《はじ》けたように笑った。

——いや、三百万でも二百万でも……。

——亀岡の秘書だかなんだか知らないが、わしは一円も出すつもりはない。

——しかし社長、それでは……。

——金を集めるだけが能じゃないだろう。今年は選挙だよ。

いうだけいわれて、電話は切れた。

くそったれ……。歯がみをした。

どうもおかしい。なにかがひっかかる。北村のものいいだ。三重の処分場では経営者が逮捕されたのに、北村はなぜ、あんなに強気をとおせるのか。

こいつはひょっとして……。

俊郎は電話ボックスを出てダンプに乗った。

十一時五十分にOCCに着いて埋立場へ行き、昼休みを待った。トラクターやショベルローダーのエンジン音が停まり、作業員が現場を離れる。

俊郎はダンプを降りてゴミの山にのぼった。医療廃棄物を見つけた場所は憶えている。

見当をつけてあたりを探したが、あの薬品の段ボール箱がない。

まちがいない。おれはここで写真を撮った——。方向感覚には自信がある。あのときは雪が薄く積もっていたが、周囲のゴミと地面の凹凸で位置は分かる。

と、見憶えのあるコンクリート管のそばに一メートル四方の窪《くぼ》みがあった。深さは三十センチほど、窪みの底は土が白っぽく、つい最近、掘られたことが分かる。

やられた……。

俊郎は覚《さと》った。北村は現場の作業員に指示して医療廃棄物を探し、掘り起こして処分したのだ。それは俊郎が撮った廃棄物だけではなく、この埋立場すべてをしらみつぶしに探して処分したにちがいない。

そういえば最近、ミネヤマから運ぶ廃材に病院の排出ゴミが混じっていない。ミネヤマは病院のゴミを回収していないのだ。

そら北村も強気に出るはずやで——。土を蹴《け》った。なぜかしらん、おかしさがこみあげる。俊郎は笑い声をあげた。

日暮れ前。野中のトラック置場にダンプを駐《と》めた。産廃の収集運搬は朝が早いぶん終業も早い。グローブボックスから小沢和彦の保険証と認印を出し、タクシーを拾って近鉄布施《ふせ》駅に向かった。布施は中小企業の町で、駅前にはサラ金の看板が並んでいる。

バスロータリー沿いのビルの二階に上がった。『アルファァースト』は大手の消費者ローンだ。自動ドアが開く。いらっしゃいませ——。テレビモニターの赤いベストの女性が愛想よく会釈《えしゃく》した。

「ご融資でしょうか」

「ええ……」椅子《いす》に腰かけた。保険証を出す。

「お名前とご住所、本籍をいただけますでしょうか」

傍らの融資契約書をとって保険証を見ながら書き込む。本籍は京都府綾部《あやべ》にした。むかし廃材を運んでいた処分場がある。

女性の指示どおり、保険証を広げてスキャナーの上に置いた。光が走る。

「しばらくお待ちください」

モニター画面が切り替わった。ＢＧＭが流れ、南太平洋の景色が映る。ローンの金でタヒチにでも行けという洒落《しゃれ》か。

十分ほど待った。女性が現れる。

「もうしわけございません。お客さまの被保険者証は遺失手続きがとられております」

「遺失？　ほんまかいな」

「再発行された被保険者証はお持ちじゃないでしょうか」

「けど、この保険証で信用金庫の預金口座を作ったんやで」

「信金はお金をお預かりしますが、わたしどもはお金をご融資しますから、与信条件に相違がございます」

与信だの相違だのと、うっとうしいことをいう。

「要するに、金は貸せんということやな」

「もうしわけございません」女性は頭を下げた。

「あほんだら」契約書を破り捨て、保険証を持ってアルファーストを出た。

ＯＣＣから金を騙《だま》しとるまでは、と自重していたが、保険証はやはりゴミだった。

しかし、これで諦《あきら》めるのは早い。サラ金がだめなら街金《まちきん》がある。

電話ボックスに入った。街金のチラシを探す。《スピードローン・百万円まで即決》。番号を見てボタンを押した。

――はい、栄光。

――金、借りたいんやけど。

――いいですよ。免許証とかは？

――保険証があります。

――細かい話は、こっちへ来てくださいな。

事務所の所在と道順を聞いて受話器を下ろした。

駅裏の雑居ビルの五階だった。鉄扉《てっぴ》に《栄光》とプラスチックのプレートが貼《は》ってある。ノックをして鉄扉を引いた。

「さっきの電話の人やね」

パンチパーマに縁なし眼鏡、紺スーツの男がいた。見るからに堅気ではない。「ま、こっちへ」

衝立《ついたて》の奥のソファに座った。男のほかには誰もいない。

「うちは信用貸しやからね。金利、高いんや」

「ええ。分かってます」

保険証を差し出した。「なんぼほど貸してくれます」

男は保険証を手にとった。有効期限を見る。

「おたく、初めてやし、二十万でいっぱいやな」

「けっこうです」ほくそえんだ。

「ほな、実印と印鑑証明をもらえるか」

「持ってません」動揺を隠した。

「明日、市役所行って、とって来て」

「おれはいま、貸してほしいんです」

「冗談きついで。なんぼ信用貸しでも、本人証明というやつをしてもらわんとな」

「けど、この保険証は……」

「うちは慈善事業やない。実印と印鑑証明持って出直してくれるか」

男は邪険に手を振った。

8

街金を三軒まわったが、だめだった。どこも実印と印鑑証明が要る。考えてみれば当然だ。いくら取立てに自信があるとはいえ、身元の知れない客に保険証一枚で金を貸すほど街金も甘くはない。

自販機で買った酒を飲みながらアパートに帰った。生垣の脇《わき》にSクラスのベンツが駐まっている。

なんや、この貧乏アパートに——。

と、そのとき、ベンツのリアドアが開いて男が降り立った。

「社長……」

立ちどまった。「どないしたんです」

「ちょっと用があってな」

太田は手招きする。「乗れや」

「はぁ……」

ベンツの車内を覗《のぞ》き込んだ。前に男がふたりいる。

わるい予感がした。腰がひける。

「なんですねん」

「ええから乗れ。ぐずぐずせんと」

助手席の男がいった。オールバックに髭《ひげ》、さっきの街金の男と同類だ。

太田と並んでリアシートに座った。ベンツは走りだす。

「これ、どういうことです」太田に訊《き》いた。

「わしゃ知らん。おまえは胸に憶《おぼ》えがあるやろ」

「どこ行くんです」

オールバックに訊いた。返事がない。冷たいものが背筋をつたう。

ベンツは八尾枚方《ひらかた》線を南へ走った。運転する角刈りとオールバックは口をきかず、太田はシートにもたれて眼をつむっている。

八尾。穴太《あのう》の交差点を左に折れた。楠根《くすね》川《がわ》の堤防沿いの道を百メートルほど行って、ベンツはコンクリート塀の中に入った。野積みした重電部品やエンジンブロックがヘッドライトに浮かびあがる。スクラップ置場だ。オールバックは角刈りにいって、フォークリフトの後ろにベンツを駐めさせた。

「ほら、降りんかい」

俊郎は外に出た。太田とふたり、オールバックと角刈りに挟まれるようにして歩く。廃油で黒く染まった敷地の奥にプレハブの平屋があった。

「入れ」角刈りは軋《きし》む戸を引き開けた。オールバックが蛍光灯のスイッチを入れる。右の壁際《かべぎわ》にデスクが三つ、左にビニールレザーの応接セットがあった。

「座れ」

背中を突かれた。太田と並んで腰を下ろす。オールバックが向かいに座り、その後ろに角刈りが立った。

「おまえ、名前は」

オールバックが訊いた。薄い眉《まゆ》、細く切りそろえた髭、削《そ》げた頬、射すくめるような視線に悪寒《おかん》が走る。

「吉岡です。吉岡俊郎」

「小沢とかいうのとちがうんかい。亀岡静雄の秘書の」

「えっ……」血の気がひいた。

「猿芝居しくさって。ミネヤマやOCCを強請《ゆす》るのは百年早いわ」

上着の襟にバッジはついていないが、粘りつくようなオールバックの口調は生粋のヤクザだ。

「ネタは割れとんのや。おまえが小沢いう保険証を太田からもろたんはな」

オールバックは上体をかがめ、広げた膝《ひざ》のあいだにだらりと両手を下げた。「まさか、わたしは知りませんとは、口が裂けてもいえんわな」

「…………」隣の太田を見た。太田は縮みあがっている。

「そこらの野良《のら》犬でも餌《えさ》をくれる人間には吠《ほ》えついたりせんのや。それをおまえはゴミを写真に撮って強請にかかりくさった。犬にも劣るガキやのう」

「…………」頭の芯《しん》が熱い。じんじんする。

「この落とし前をどないつけるつもりじゃ」

「…………」

「こら、ものがいえんのかい」

「——どうしたらええんですか」声が掠《かす》れた。

「さぁな……。おまえの指もろても、腹の足しにはならん」

オールバックは煙草《たばこ》をくわえ、ソファに片肘《かたひじ》をついた。角刈りがライターの火を差し出す。「——金やな。金でけじめつけんかい」

「おれ、金はないんです」

「おいおい、この犬は嘘《うそ》ついとるぞ」

オールバックは角刈りにいった。角刈りはジャケットの内側に手を入れる。白鞘《しらさや》の匕首《あいくち》が見えた。

「ほんまです。金がないから、あんなことしたんです」

「ダンプがあるやないけ。売らんかい」

「売っても金は残りません。残債のほうが多いから」

「ほんまかい」オールバックは太田に訊いた。太田はうなずく。

「そら、しゃあないのう」

オールバックはあごをしゃくった。角刈りがこちらに踏み出す。

「待った。どんなことでもします。堪忍《かんにん》してください」

「そうか、どんなことでもするか」

オールバックはにやりとした。「それやったら、よめはんを沈めんかい」

「沈める……？」

「さっき、おまえんとこ行って見た。あれはまだ売れる」

「…………」

「ソープでもホテトルでも、沈めるとこはいっぱいある。わしが世話したるがな」

滴《したた》る汗——。ベッドに這《は》いつくばってあえいでいる美紀の裸が眼に浮かんだ。

帳尻
ちょうじり

1

部屋に入ってきた女はちりちりの髪を赤と金色のメッシュに染めていた。薄手のレザージャケットに襟ぐりの大きなピンクのTシャツ、花柄のフレアスカートはいかにも安物くさい。

「どうぞ、かけてください」緒方は椅子《いす》を勧めた。

女はバッグを抱えて腰をおろした。眉《まゆ》を糸のように描《か》き、眼のまわりをパールグリーンに塗っている。小肥《こぶと》り。色黒。男にはもてないだろう。

「暗いね……」

狭い部屋を女は見まわした。照明はテーブルの上の小さなスタンドだけ。その横にソフトボール大の、ガラスの水晶玉をおいてある。

「どんなご相談でしょうか」

女の眼をじっと見た。「――恋愛か、友だち関係ですね」

「そう、当たり」

女は感心したようにうなずいた。あたりまえだ。外れるはずはない。こういう未成年の女が金や仕事の悩みでここにくることはない。

「で、なにを占いましょう？」

「うち、困ってんねん。リョウくんのこと。二股《ふたまた》かけられてんのとちがうやろか」

「そういう兆候があるんですか」

女は首をかしげた。兆候という言葉が分からないようだ。

「だから、その証拠があるんですか」

「ケータイのメールやねん。こないだ、リョウくんのメールを見ようとしたら、あわてて隠しやった。それまでは平気で見せてくれたのに。浮気してるんやわ」

「つまり、彼とあなたの将来をみればいいんですね」

「うん。わるい占いはいややよ」女は両手を膝《ひざ》においた。

緒方は背筋を伸ばし、左手で水晶玉をなでた。おもむろにタロットカードを繰り、女の齢《とし》と星座を訊《き》く。十八歳、水瓶座《みずがめざ》――。女は答えた。

緒方はカードを二枚抜いて、テーブルに伏せた。

「彼の齢と星座は」

十九歳、天秤座《てんびんざ》――。また二枚、カードを抜いて、さっきのカードの脇《わき》に並べた。

女は神妙な面持ちで緒方の手もとを見つめている。

もう一度、水晶玉をなでて、四枚のカードを表に向けた。しばらく間をおいて、

「――あなたは快活な性格だけど、自分の想《おも》いをはっきりと相手に伝えられないときがある。そのことを彼はもどかしく思っている。あなたが想いを率直に伝えれば、彼は振り向く。精神的なふれあいが大切です。そうすれば、きっとうまくいく」

嚙《か》んで含めるようにゆっくりいった。

「リョウくんはやっぱり、浮気してんの？」

「そのようですね」

うなずいた。本人が疑っているものを、わざわざ否定してやることもない。

「もう、最低。死にたいわ」

「でも、本命はあなたです。彼は必ずもどってきます」

このひと言がサービスだ。それで客はよろこぶ。女の表情がぱっと明るくなった。

緒方はタロットカードを重ねてシルクの布に包んだ。ぐずぐずしていたら、あれこれ余計なことを訊いてくる。

「うち、ダイエットしようかな」

「すればいいんじゃないですか」

「けど、リバウンドが怖いねん。前も失敗したし」

女は腰をあげようとしない。「ね、どんなダイエットがいい？　わたしに向いてるのを教えて」

「それはまた、カード占いをしなくちゃなんないんですよ。追加料金になっちゃいますけど」

「あ、そう。それやったらいいわ」

女はあっさり首をふった。「ほな、これ」

バッグからチケットを出してテーブルにおき、礼もいわずに部屋を出ていった。

緒方はチケットを抽斗《ひきだし》にしまって、煙草《たばこ》を吸いつけた。チケットは一枚、千二百円で、五枚つづりだと五千円。一階の受付で売っている。占いビル『フォーチュン』には一階から三階まで十二の小部屋があり、占星術からタロット、人相、手相、姓名判断、風水《ふうすい》など、専門の占い師が待機している。フォーチュンは関西のコンビニ向けレディースコミック誌に定期的に広告を出しているため、客は中学生、高校生、短大生、フリーターといった若い女がほとんどだ。ときには会社勤めのＯＬがくることもあるが、そんな客には〝タロット〟の部屋を勧めてくれと、受付の明美に頼んである。緒方の狙《ねら》いは未成年の客ではなく、ちゃんとした職に就いて金を貯《た》め込んでいるおとなの女。それも男にすれていないまじめな女なら、いうことはない。

タロットの部屋にくる客は、平均すると一日に約十五人。ひとりあたりの応対時間は五分から十分で、さっきのフリーターのようなのは五分で追い返す。たった千二百円のチケットをいくら集めたところで、緒方の取り分は半分だから、十五人で九千円にしかならない。中にはリピーターというか、緒方をめあてに通ってくる客がいるが、誘いにはのらない。下手に甘い顔を見せたりすると、リピーターがストーカーに変身する。それはホストをしていたころ、身に沁《し》みて分かった。

壁のインターホンのボタンを押した。

――はい、受付。

――客の入りは。

――もうひとつやね。

ウェイティングルームには誰もいないと明美はいう。

――飯を食うてくる。三十分ほど休憩するわ。

――行ってらっしゃい。

電話を切った。明美のアパートには五回ほど泊まった。明美は声が大きく、やたらに汗をかく。終わったあともしつこく絡《から》みついてくるのがうっとうしい。

煙草を揉《も》み消して廊下に出た。エレベーターは使わず、奥の階段を降りる。裏口から外に出た。

新御堂筋《しんみどうすじ》を渡って小松原町のラーメン屋に入った。餃子《ギョウザ》を肴《さかな》にビールを一本飲み、ラーメン定食を食う。週末のスポーツ新聞は競馬の予想ばかりでおもしろくない。風俗案内のページにノォーチュンの南隣のピンサロのホステスが載っていた。パンティー一枚でほほえみかけている。店の宣伝のために裸になれば、いくらかもらえるのだろうか。指名客が増えるだけなら割にあわないように思う。

ラーメン屋を出てフォーチュンにもどろうとしたが、パチンコ屋の前で気が変わった。千円のカードを一枚買って、CR機の前に坐《すわ》る。と、隣の台でドル箱をいっぱいにしている女が、緒方の横顔を覗《のぞ》き込んだ。

「――『ブランニュー』の和馬《かずま》くんとちがう？」

女はなれなれしく話しかけてきた。「そうや、和馬くんや」

女の顔を見返した。憶《おぼ》えがある。

「あんた、ブランニューを辞めたん？」

返事はしなかった。相手にしたくない。この女は確か、十三《じゅうそう》あたりのファッションヘルスで働いている。ブランニューには週に一回ほど来て、いつも淳也を指名した。

緒方はヘルプでこの女の席についたことがある。

「ね、和馬くん、わたしを忘れたん？」

「あんた、人ちがいしてへんか。おれ、あんたのこと知らんで」

大阪弁でいった。女は眼をしばたたかせる。

「ごめん。そっくりな人がいたもんやから……」

「くそっ、ケチがついた」

カードをポケットに入れて立ちあがった。

2

「びっくりしたな。ホストのころの客が隣におったんや」

緒方はウェイティングルームのシートに坐り、煙草をくわえた。

「その女を連れてくればいいのに」カウンターの中の明美がいう。

「なにを占うんや。あの女の金運か。ホスト狂いはやめなさいというんかい」

「近いうちに病気になるとか、男運がわるいとかいうて、絵を売りつけるんやないの」

「あんなやつはあかん。海千山千や。男を食うて生きとる」デュポンを擦った。

「けど、お金は持ってるんやろ」

「おまえはなんも知らんのやな。風俗の女が金を持ってるというのは大きな勘違いや。あいつらは金に困って食いつめたあげくに、あの世界に入ったんや」

いまは不況だ。風俗はともかく、ホストクラブで満足な収入を得るのはむずかしい。ノルマどおりの指名がとれて、いい暮らしのできるホストはほんのひとにぎりしかいない。緒方の勧めていた曾根崎《そねざき》のブランニューで、世間並みの稼ぎがあったのは五人にひとりだった。緒方は毎日、五十人以上の客に電話をし、夕方から八時ごろまでお初天神《はつてんじん》通りに立って客引きをした。指名客は二、三日にひとり。たまに同伴をすれば、必ずホテルに誘われる。そこで誘いにのってしまうと、客はもう店には来ず、外で会おうとする。スーツや時計をねだっても、うまくはぐらかされ、セックスに飽きると同伴も断られる。

ブランニューの客には短大生やＯＬもいた。そういう世間知らずの女にはホストが寄ってたかってボトルを入れさせる。スコッチが七万、コニャックが十万と、法外な値段でキープをさせる。稼ぎのない女はサラ金に連れていく。そんなふうに借金を背負い込み、身を持ちくずして風俗に沈んだ女を何人も見た。緒方は淳也のようなベテランを手本にしてホスト修業に励んだが、いくら頑張ってもノルマは果たせなかった。マネージャーにいわせれば、緒方はどこか詰めが甘く、女を財布として扱うことに徹しきれていなかったらしい。人間にはやはり、向き不向きがある。認めたくはないが、緒方はホスト稼業《かぎょう》に向いていなかったのかもしれない。

緒方の数少ない指名客のひとりに、石塚由子《よしこ》という四十女がいた。由子は同伴もしてくれるが、セックスもしつこかった。由子はブランド品で身を飾り、十万円近い飲み代をいつも現金で支払った。いくら緒方が訊いても、由子は身の上を明かさない。新地かミナミのクラブママか、どこか中小企業のオーナーの妾《めかけ》ではないかと、ブランニューでは噂《うわさ》になっていた。

そうして去年の秋、ラブホテルのベッドで、緒方は由子の仕事を知った——。

『ね、和馬、あんた、いつまでブランニューにいるつもり？』

『さぁ、考えたことはなかったけど……』

『あんなところは辞めて、うちに来ない？』

『由子さん、お店をやってんですか』

『堂山《どうやま》でね』

『なんだ。眼と鼻の先じゃないですか』

ブランニューは曾根崎二丁目、堂山町は同じキタの繁華街で、直線距離にすれば一キロと離れていない。

『阪急東通商店街から一筋入ったところにフォーチュンって占いビルがあるの、知ってる？』

『わるいけど、おれ、占いには興味ないんですよ』

『わたし、そこのオーナーなの』

敷地十五坪、五階建のビルを所有している、と由子はいった。『客は若い女ばかりだから、和馬にはうってつけ。あんた、占い師をしなさいよ』

『そんなこと、いわれても……。占いなんてできないですよ』

『できなくてもいいの。どうせ、当たりっこないんやから』

『どういうことです』

『占い師用の教本があるのよ。それを読んで適当にアレンジするだけ』

たとえば、地味でおとなしそうな客が来れば、――あなたは慎重な性格だけど、その性格に不満をもっている。だから、ときにはまわりが驚くような大胆な行動をとりたくなることがある。ここは思い切ってぶつかりなさい――という。

派手な感じで、よく喋《しゃべ》る客には、――あなたは明朗快活な性格だけど、いざというときに尻込《しりご》みすることがある。でも、チャンスは一回だけ。思い切ってチャレンジしなさい――という。

恋愛に悩んでいる客には、――彼のことを誰よりもよく知っているのはあなたなんだから、あなたは自分の信じるように行動すればいい。彼はきっと分かってくれる――という。

『慎重やけど大胆。明るいけど暗い。友だちは多いけど、ひとりでいることも好き……。人には二面性があるから、どこかに必ず思い当たるフシがある。占い師に必要なのは、客の顔色をみて話をあわせるテクニックだけ。和馬はきっとフォーチュンでいちばんの占い師になれると思う』

教本のパターンは七種類しかなく、半日でマスターできると由子はいう。

『占いって、金になるんですか』

『うちのような手軽な占いはブームなの。ウィークデーは百五十人、週末は三百人以上の客がきて、ウェイティングルームに入りきれないくらい。和馬はルックスがよくてトークが得意やから、若い女の子がいっぱい来るわ』

由子は緒方のペニスに手を伸ばす。『それとね、ビルの四階と五階はギャラリーで、絵を販売してるの。ラッセンとかヒロ・ヤマガタとかのアイドル版画』

『それ、知ってます。あちこちで頒布会《はんぷかい》をしてるでしょう』

駅前のイベントホールやスーパーの催事場で開催しているのをのぞいたことがある。あれは胡散臭《うさんくさ》い。展示している絵に少しでも興味を示そうものなら、勧誘員がまとわりついて離れない。ポスターまがいの版画に五十万や百万の値がついていることにも驚いた。

『わたしの事業は占いビルと絵画販売。……ぴんときた？』

由子は吐息を洩《も》らした。緒方をいたぶりながら、もう一方の指で自分を慰めている。

『――分からない。どういうことです』

『だから、占いの客に絵を売るのよ。この絵を部屋に飾れば運勢が開けます、おまけに絵は値上がりします、と聞けば、誰でも欲しくなるでしょ』

石塚由子の正体が分かった。やはり、堅気の商売はしていなかったのだ。

『そんな簡単に絵が売れるんですか』

『そこがあんたの腕やないの。売上は折半。ブランニューなんか辞めなさい』

由子は緒方にまたがった。あてがって、腰を沈める。緒方は下から突きあげた。

由子にスカウトされてそろそろ一年になる。由子はもう緒方を誘わず、セックスもしない。最近は宗右衛門町《そえもんちよう》あたりのホストクラブに出入りしているようだ。由子にはゲームセンターを五軒ほど経営する六十すぎのダンナがいた。フォーチュンの実質的なオーナーはそのダンナらしい。

占い師はホストに比べると楽だが、稼ぎはそう変わらない。絵は売れないのだ。

緒方がいままでに売りつけた絵の総額は八百万円を超える。由子は折半だといったが、経費だ、税金だと口実をつけられて、手取りは三割に満たない。毎日の占い料が基本給で、絵の売上がボーナスといった格好だ。年収は四百万ほどだが、ホスト時代と同じようにスーツやネクタイに金がかかる。占いの役に立っているのはホスト稼業で身につけた客あしらいと半端《はんぱ》な東京弁だけだ。

「ねぇ、和くん。今晩、あいてる?」

粘りつくような眼で明美が訊《き》いた。緒方はフォーチュンでも〝和馬〟で通している。

「なんや、フィリピン料理でも奢《おご》ってくれるんか」

「もう、そんな意地悪ばっかりいうて。うち、お小遣いないんやで」

給料日からまだ十日も経《た》っていない。明美は兎我野町《とがのちょう》のサパークラブでベースを弾いているフィリピンバンドの男に入れ揚げている。それを平気で緒方に喋るのだから、この女も図太い。

「わるいな。おれは忙しいんや」

明美につきあってもいいことはない。今日は道修町《どしょうまち》の薬品会社のOLから誘いのメールが入っている。その女には二カ月ほど前、四十万円の絵を買わせた。そろそろ次の絵を売りつける頃合いだ。

そこへ、自動ドアが開いて客が入ってきた。

「あの、占いをしていただきたいんですが……」カウンターの明美にいう。

「どうぞ。こちらでチケットをお願いします」

女はずいぶん齢《とし》を食っている。三十代半ばか。ビロードのリボンでくくったひっつめの髪、セルフレームの眼鏡、丈の長い紺のスーツ、ブリーフケースのようなスウェードのバッグ。顔立ちはわるくないが、いまどき、こんなに垢抜《あかぬ》けない女も珍しい。

明美は料金を受けとり、どの占いがいいかと訊いた。よく当たるのを、と女は答える。緒方は明美に目配せした。

「それじゃ、タロットにしましょうか」

「ええ。お願いします」

「タロット占いは、ぼくです」

緒方は立って声をかけた。「部屋へ案内します」

エレベーターのボタンを押した。

3

女は椅子《いす》に腰かけた。背中を丸め、視線をテーブルにすえている。

「お楽にしてください。とって食ったりしませんから」

緒方は笑った。女は笑わない。

「で、なにを占いましょう」

「株価をお願いします」

「は……？」

「株です。株の値段です。ジャスダックの『フリートウッド』の株価を占ってください」

思いつめたように女はいう。「わたし、証券会社の外務員なんです」

「はぁ……」

この女はおかしい。金運を占えというのならともかく、占いで株価が分かれば世話はない。

「お客さまから売り注文が入って指値《さしね》をしたのに、株を売れなかったんです。二千万円の損失です。夜も眠れません」

「二千万とはきついですね」

「三日で二十パーセントも急落しました」

「ということは、一億円の注文だったんですね」

この時節にでかい話だ。暇つぶしに聞いてみるのもいい。「あなたは、その二千万円を弁償しなきゃなんないんですか」

「全額は弁償しなくてもいいと思います。……でも、会社から訴訟をおこされます」

いままでに何件か、そんなケースがあったという。

「あなたに落ち度があったんですか」

「わたしは二千五百二十五円の指値でフリートウッド四万株の売り注文を受けたんで

す。なのに、二千五百五十円だと思い込んでしまって、株を売れなかった。翌日からフリートウッドの株価は急落しました」

「指値というのは……？」

「お客さまが株の売買注文を出すときに、何円で買う、何円で売るというように、値段を指定することです」

「そのフリートウッドとかいう株は、いま、いくらです」

「今日の終値《おわりね》は二千二十円です」

「つまり、こういうことですね。……客はあなたに一億円の売り注文を出した。あなたは指値をまちがって株は売れず、そのあと三日間で一億円から八千万円に値下がりしたというわけですよね」

「はい……」女はうなずく。

「指値って、メールとかファクスで受けるんですか」

「いえ、電話です。口頭でやりとりします」

「一億円もの取引がただの〝口約束〟ですか」

「それが業界の慣習ですから」

「だったら、とぼければいいじゃないですか。客は踏んだり蹴《け》ったりだけど」

「ダメです。このお客さまは電話のやりとりを録音してます」

「そりゃあ困りましたね。逃げ道がない」

「わたし、どうかしてたんです。あとでメモを見ると、二千五百二十五円と書いてありました」

女の眼が潤《うる》んでいる。とんでもない貧乏神が来たものだ。しかし、他人の不幸はおもしろい。

「客はあなたが株を売れなかったことを知ってるんですよね」

「いえ、それは……」

女はかぶりを振った。「お客さまには、売れたといってしまったんです。わたしは契約の外務員だから、指値をまちがうような初歩的なミスが会社に知れたら、すぐに解雇されてしまいます」

契約外務員の立場は弱い。バブルのころは大阪の証券会社だけで千数百人いたのが、いまは半数になっているという。

「でも、株が売れたら、金を振り込まなくちゃいけないでしょう」

「そのお客さまは会社に預かり金の口座を開いておられます。だからいつも、その口座にお金を振り込んでます」

客は『広川経済企画』という大物総会屋グループで、頻繁に取引をし、月に一億円以上の金を動かしている。いくつもの架空名義口座をもっているため、入金がないことに気づくのは月末だろうという。

「今日は二十四日。月末まで一週間ですね」

「………」女は俯《うつむ》いたまま、小さくうなずいた。

「で、あなたはどうするつもりなんですか」

「分かりません。あと一週間で、わたしは破滅です」

「あなたはまだ若いんだから、転職できますよ」

ばかばかしい。いつのまにか人生相談をしている。

「だけど、会社に訴えられます。円満退社なんてできません」

女は顔をもたげた。「もう株価はいいです。わたしの運勢を占ってください」

「金運ですか」

「方角です。どこへ逃げればいいか教えてください」

「逃げる？　穏やかじゃないですね」

「わたし、フリートウッドの株券を換金して逃げます。どうせ、訴えられるんだから」

「なにいってんですか。そんなことをしたら横領ですよ。立派な犯罪だ。八千万円もの株を……」

　と、その瞬間、頭の中でなにかが弾《はじ》けた。——そう、この女は証券会社の外務員だ。薬品会社のＯＬでもなければ、風俗嬢でもフリーターでもない。

　八千万円だ。この女は途方もない金にまみれている。

「分かりました。方角を占いましょう。あなたの名前と生年月日を教えてください」

「戸坂です。戸坂順子。昭和四十二年三月一日です」

「三十四歳。魚座ですね」

　水晶玉に手をかざした。タロットカードを繰る。四枚のカードを並べて表に向けた。

「——方角は南西ですね。九州、沖縄、台湾、東南アジア……外国でもいい。金運も強い。ただし、近いうちにひどいトラブルに見舞われる。それを乗り越えれば、あとはなだらかな上昇運がつづきます」

「ありがとう。胸のつかえがおりたような気がします」

　いったが、戸坂順子の表情は硬い。バッグを抱えて腰を浮かした。

「待ってください。よかったら、もう少し話をしましょう」

「でも、わるいから」

順子はチケットをおいて立ちあがった。

「今日は戸坂さんがラストです」

腕の時計を見た。八時をすぎている。閉店は十時だが、かまうことはない。「これもなにかの縁だ。食事をしませんか。もっと話をお聞きしたいんです」

順子はためらっている。警戒しているふうはない。

「こういう仕事をしてると、戸坂さんのような大人の女性と話す機会がないんですよ」

緒方も腰をあげた。「申し遅れました。ぼくは緒方といいます。食事はなにがお好きですか。フランス料理、イタリア料理、それとも懐石ですか」

順子のそばに行った。軽く腕をとってドアを開けた。

4

毎日、欠かさず新聞を見た。《JASDAQ・店頭上場株》だ。《商業》のフリートウッドは二千円前後を上下して、大きな値動きはない。『会社四季報』を買ってきてフリートウッドを調べると、一九七二年創業の若い企業だった。——資本金・二十二億円。従業員・三百二十名。本社・岡山県井原市《いばら》――。あの『ユニクロ』に似た衣料品直販店を中国、九州地方に展開している。株価は九九年の秋に四千百円の高値をつけたあと、徐々に下降していた。

週明けの二十九日、昼すぎに戸坂順子からメールが入った。〝夜、会いたい〟という。

〝僕も会いたい。八時半。ヒルトンホテルロビー〟緒方はすぐにメールを返した。

順子はロビーで待っていた。会社から家に帰って着替えたのか、オフホワイトのカーディガンにベージュのパンツ、シャネルのバッグを肩に提げ、ひっつめの髪をおろして、眼鏡もとっている。緒方は一瞬、別人かと思った。

「先日はありがとうございました。ごちそうになってしまって」

順子は両手をそろえて頭をさげた。

「こちらこそ、すみません。引きとめちゃって」

あの日は地下街のイタリアンレストランでパスタを食った。順子は沈んだようすでワインも飲まず、話は弾まなかった。レストランを出たあと、酒を飲もうと誘ったが、順子は断った。緒方は順子の名刺をもらい、携帯電話のメールアドレスを教えあって、別れた。戸坂順子は北浜一丁目の藤信証券の外務員だった。

「それにしても、すっかりイメージが変わりましたね」

「ごめんなさい。びっくりしました？」

「いい意味でね」

順子は脚が長く、ほっそりしている。切れ長の眼と薄い唇がいい。「食事はまだですよね。どこへ行きます」

「お任せします。わたし、お店を知りませんから」

「じゃ、新地《しんち》へ行きますか」

ロビーを出た。四つ橋筋を南へ歩く。

「あれから株式の勉強をしようと思って、『四季報』とか買いましたよ。でも、株の本は読み方がむずかしい。時刻表みたいなものですね」

「馴《な》れるまでは大変でしょうね」

順子は笑い声をあげた。このあいだの病人のような表情とはまるでちがう。

「戸坂さんはいつ、株の世界に入ったんですか」

「高校を出てすぐ、北浜の証券会社に就職したんです。七年くらいそこにいて営業をしてたんですけど、いづらくなってしまって……」

「いづらくなったのは、職場の男性とつきあってたからでしょう」

「あらっ、分かるんですか」

「毎日、占いをしてるんですよ。大抵のことは当たります」

「結婚するつもりでした。でも、いろいろあって」

順子は会社を辞めた。骨休めのつもりで一カ月ほどヨーロッパ旅行をし、帰国すると手紙がとどいていた。以前から面識のあった北浜の地場証券会社の役員からだった。順子は役員に会い、会社に来てくれといわれた。当時はまだバブルの名残があり、証券業界にも余裕があった。順子は迷った末に、契約外務員という身分で勤めることにした。

「なぜ、そうしたんですか。正社員にもなれたんでしょう」

「お金が欲しかったんです。外務員は基本給がないけど、手数料の四十パーセントをもらえます。時間的にも自由がきくし、働きがいがあっておもしろいから」

その年、順子の収入は同年代の男性社員の倍近くになった。順子は懸命に働いた。顧客は企業経営者を主に百人を超え、次々と売買注文が入った。

「わたし、マンションを買ったんです。家賃を払うよりいいと思って。ところが、そのころから景気が落ち込んで、取引は減るばかり。口座も次々に解約されて、いまのお客さんはエステとかパチンコ店とかのオーナーがほとんどです」

「戸坂さん、マンションに独り住まいですか」

「買ったときの半値になっちゃいました」順子は笑う。

マンションの広さと場所を訊《き》きたかったが、思いとどまった。

「じゃ、ご両親はどこにおられるんです」

「和歌山です。田辺で梅干しを作ってます」

「梅干しって、手がかかるんでしょう」

「畑の手入れから梅の漬込みまで、休む暇がありません」

畑の広さを訊こうと思ったが、やめた。いずれ分かる。

梅田《うめだ》新道《しんみち》の横断歩道を渡った。


北新地のステーキレストランで食事をし、ワインを一本空けた。順子は酒が強く、顔色ひとつ変わらない。外務員の裏話をおもしろおかしく喋《しゃべ》り、緒方は占いの歴史やタロットカードの由来を話した。

デザートを食べ終えて、煙草《たばこ》を吸いつけた。これからどうするか、緒方は考える。近くのショットバーにでも寄ったあと、順子のマンションへ行く——。

新地の全日空ホテルへ行き、セラーバーで飲む。その流れで部屋をとる——。

いずれにしろ、順子をこのまま帰すつもりはない。順子もおそらく、そのつもりで緒方を誘ったのだろうから。

「——フリートウッド、ダメですね」

ぽつり、順子はいった。「月末まで、あと二日です」

「いけませんよ。逃げたりしちゃ」

「東南アジアがいいんでしょ、方角」

「あれは占いですよ」

「わたし、決めました。明後日の三十一日、フリートウッドの株券を会社から引き出します」

生保や信託銀行などの機関投資家とちがい、個人投資家が所有する株券は、売買を容易にし、盗難事故などを避けるため、保護預かりという形で証券会社が預かっていることが多いという。

「引き出して、いったいどうするんです」

「だから、株券を換金して、東南アジアに逃げるんです。フィリピンか、タイか、マレーシアか」

「航空券は」

「明日、買います」

「査証《ビザ》は」

「観光目的だったら要らないんです。旅行代理店で調べました」

パスポートの有効残存期間も二年以上あるという。「緒方さん、パスポートは」

「いちおう、持ってます」

「いっしょに逃げませんか」あっさり、順子はいった。

「いいですね」緒方もあっさり、うなずいた。

「緒方さんとわたしは共犯なんだ」

「あなたが株券を持ち出したらね」

「でも、ひとつだけネックがあるんです」

順子はほほえんだ。「株券を持ち出すには預かり証が必要なんです」

「預かり証……」

「証券会社は顧客の株券を保護預かりにするとき、預かり証を発行します」

「持ってるんですか、フリートウッドの預かり証」

「ないから、困ってるんです」

順子はそういったが、切迫感がない。

「なにか方策があるんですね」

「緒方さん、証券担保金融って、知ってます？」

ひとつ間をおいて、順子は訊いてきた。

5

「さすがに外務員や。業界の裏をよう知ってる。いざとなったら肚《はら》がすわってますわ」

ソファにもたれかかって、緒方はいった。「証券担保金融いうのは、株を担保にして投資家に資金を融資するんです」

ジャケットのポケットから株式の業界新聞を出してテーブルにおいた。相場欄の下に広告がいくつか載っている。《株の底値・買い方針不変！　証券購入ローンのご利用は安全、確実な当社へ。あなたの資金を五倍に活用して儲《もう》けを五倍に！　五十万円の資金で二百五十万円の株式を購入できます。　みつわ投資マネージメント株式会社》——。利率は《年利・20%》と片隅に小さく書いてある。

「これはなに。商工ローンのようなもの？」由子は訊いた。

「たとえば、おれが百万円の自己資金を持ってて、相場で大きく勝負をしたいとき、この証券担保金融業者のとこへ行くんです。そしたら、業者はおれの百万に四百万を足して五百万の株を買うてくれる。要するに、業者は五百万の株を担保にして、四百万の金をおれに融資したという形になるんです」

「なんか、仕組みが分からないわね」由子は首をひねる。

「株は土地といっしょで、時価の七割から八割の担保価値があるんです。業者は四百万をおれに融資しても五百万の株を担保にとってるから、おれが破産しようと夜逃げしようと、損はせんカラクリになってますねん」

「けど、株は値下がりするやない」

「そのリスクがあるから、業者はおれから百万円を預かってるんです」

「じゃ、百万円以上、値下がりしたら？」

「そうなるまでに、業者は株を売り払う。おれは百万をパーにして、ちゃらですわ」

「ふーん、いろんな商売があるんや」

「で、社長にお願いですねん」

緒方は上体を起こした。由子の眼を見る。「おれに九百万を投資してください」

「それ、どういうこと？」由子は真顔になった。

「戸坂は藤信証券からフリートウッドの株券を持ち出すのと引き換えに預かり証が要る。ところが、その預かり証は顧客に発行したものではなくて、証券担保金融業者から受けとった預かり証でもいいんです。もちろん、銘柄はフリートウッドで、四万株。時価八千万の株を千六百万で買うんです」

「その業者の預かり証を使って、藤信から株券を受け出すんやね」

「そういうことです」

「どうして、わたしが九百万円を投資するの」

「戸坂は持ち金が七百万しかないんです。業者の担保に入れるには九百万足らへん」

「あんた、自分は一円も出さずに、八千万円の株を手に入れるつもり？」

呆《あき》れたように由子はいう。

「おれ、貯金なんかないから」

「見あげた了見やね。わたしにはどんな御利益《ごりやく》があるの」

「九百万を千二百万にして返しますわ」

「たったそれだけ？　割に合わへんね」

「藤信証券から引き出した株券は、その日のうちに北浜の即金屋に持ち込みますねん。

買取り額は時価の九十パーセント。七千二百万のうち、おれの分け前は千五百万しかないんです」

即金屋はほんとうだが、取り分は嘘《うそ》だ。緒方は二千万をとる約束になっている。

「即金屋って、これ？」由子は指で頬《ほお》を切った。

「いや、まともな業者です。北浜に十軒ほどあると、戸坂はいうてました」

株を換金するときは身分を証明しなければならない。順子は顧客の印鑑と住民票を流用するといった。

「戸坂順子は藤信証券の外務員にまちがいないんやね」由子は念を押す。

「もちろん、名刺はもらいました。藤信に電話をかけて、確認もしてます」

電話に出たのは営業部の男だった。戸坂は得意先まわりをしているといい、連絡させようかといった。緒方は名前をいわず、携帯の番号を告げた。ほどなくして電話が鳴り、相手の番号を見ると順子の携帯だった。緒方はその電話には出なかった。

「戸坂はどこに住んでるの」

「北堀江です。昨日、マンションまで送っていきました」

中央図書館の裏手にある五階建のマンションだった。『北堀江ビューハイツ』。今日は体調がわるいから――、と順子はいい、タクシーを降りて手を振った。

「それで、あんた、戸坂といっしょに東南アジアへ行くの」

「あほくさ。なにが悲しいて、おれまで逃げんといかんのです。おれは即金屋で分け前もろて、さいならですわ」

「けど、戸坂が捕まったら、警察が来るやない」

「フィリピンやタイは、日本のヤクザや怪しい連中がいやというほど逃げ込んでるというやないですか。そんな簡単には捕まりませんて。それに、株券を持ち逃げするんは戸坂ですよ。おれは戸坂をそそのかしたわけやない。ほんの一、二時間、九百万円を融通してやるだけですわ」

「いつ、要るの。そのお金」

「明日です。明日が月末やから」

「そう……」

由子はテーブルの煙草をとって吸いつけた。ゆっくりと脚を組み、壁に並んだ絵を眺めながら、「倍やね」

「なんですて……」

「九百万円の倍。千八百万円。それがわたしの取り分」

「冗談やない。おれの分け前より多いやないか」

カッとした。この女は腐っている。いうにこと欠いて、千八百万も寄こせだと――。

「いやならかまへんよ。九百万円、あんたが都合つけんかいな」

歯嚙《はが》みをした。ここで話をつぶすわけにはいかない。

「――分かった。千五百万円にしてください。おれは戸坂に交渉して、千八百万もらうことにするから」

「しぶといね、あんた」

由子はソファに片肘《かたひじ》をつき、「分かった。わたしの分け前は千五百万円。それで手を打つわ」

天井に向かってけむりを吐いた。

6

十月三十一日――。
午前十時四十分、由子から九百万円を受けとった。ブリーフケースに入れて北浜へ行く。三丁目の資生堂ビル前で順子に会った。順子は眼鏡をかけ、紺のスーツを着ていた。

緒方はデパートの包装紙に包んだ札束を渡した。順子は手早くバッグに入れる。

順子のあとについて横断歩道を渡った。日生今橋ビルの東隣、煤《すす》けたレンガタイルの大阪繊維会館ビルの前で、順子は立ちどまった。表情が硬い。

「あれが証券担保業者」

順子は袖《そで》看板を指さした。六階に《双葉投資金融株式会社》とある。「緒方さんは待っててください。株を購入して預かり証をもらうのに三十分はかかると思います」

「おれもつきあいましょうか」

「顔を見られてもいいんですか」

「いや……」

石造りの階段をあがってビルに入った。エントランスホールは広い。以前は受付があったのだろう。ウォールナットのカウンターが壁際《かべぎわ》に寄せられていた。

順子はエレベーターのボタンを押し、扉の向こうに消えた。

煙草を三本、灰にした。もう四十分——。順子は降りてこない。

舌打ちし、また煙草を吸いつけた。案内板の前に立つ。一階から二階は大阪繊維組合、四階から八階は貸し事務所のようだ。各階に五、六社が入っている。

一時間、経《た》った——。順子の携帯に電話をした。電源が切られていた。

緒方は一〇四で北浜の双葉投資金融の番号を聞き、電話をかけた。

——ありがとうございます。双葉投資金融です。

——すんません、ちょっと代わって欲しいんです。いま、そちらに広川経済企画の社員が行ってるはずなんですけど。

——いま、お客さまはいらしてませんけど……。

——そんなはずはない。一時間ほど前、おたくに行きました。

——なにか、おまちがいじゃないでしょうか。

——紺のスーツ着た、ほっそりした女性です。飴色《あめいろ》の眼鏡かけてます。

——申し訳ありません。そんなお客さまはいらしてません。

一瞬、悪寒《おかん》が走った。逃げられたのかもしれない。順子には九百万円を預けた。

電話を切って、もう一度、案内板を見た。〝双葉〟のほかに投資金融会社はない。

順子の名刺を出して藤信証券に電話をした。コール音はするが、つながらない。

おかしい。月末のウィークデーなのに証券会社が営業していないはずはない。

また順子の携帯に電話をした。不通だ。

緒方は繊維会館ビルを飛び出した。東へ走る。堺筋《さかいすじ》を渡り、大阪証券取引所の筋向かいの藤信証券に入った。カウンターの向こうに女性社員が三人いる。

「外務員の戸坂さん、いますか」

「外務員の誰でしょうか」社員のひとりが応《こた》える。

「戸坂です。戸坂順子」

「戸坂という社員はおりませんが」

膝《ひざ》の力が抜けた。椅子《いす》を引き寄せて坐《すわ》り込む。汗が噴き出した。

「あの、ほかの外務員を呼びましょうか」

「ここ、電話は何番です」

「六二二八・四三××です」

順子の名刺の番号とはちがう。

「個人投資家の株券は保護預かりにするのが普通なんですよね」

「はい、そうです」社員のいぶかしげな顔。

「保護預かりにしている株券を外務員が受け出すときは、客の預かり証と引き換えるんですよね」

「おっしゃるとおりですけど、外務員が株券を引き出すことはできません。株券は営業部からお客さまのお宅に書留で郵送します」

もう、なにも訊《き》く気にはなれなかった。笑いがこみあげてくる。女性社員は緒方の視線を避けるように横を向いた。

タクシーで北堀江へ走った。北堀江ビューハイツのメールボックスに戸坂順子のプレートはなかった。エレベーターを降りてきた初老の男に訊くと、新なにわ筋沿いの酒屋がマンションのオーナーだといった。北堀江ビューハイツは分譲ではなく、賃貸だった。

一昨日の夜、緒方は順子がマンションの中に入るところを見たわけではない。順子は玄関前のポーチで手を振ったのだ。念のため酒屋に行ったが、戸坂順子という住人はいなかった。

緒方は北堀江から梅田に向かって歩いた。途中、何度も順子の携帯に電話をした。土佐堀川にかかる筑前橋《ちくぜんばし》を渡るとき、ブリーフケースを川に投げ捨てた。

中之島《なかのしま》から堂島にさしかかったとき、サントリービルの向かいに旅行代理店があった。ウインドー一面にチラシを貼《は》っている。緒方は誘われるようにドアを押した。

いらっしゃいませ——。パソコンのキーボードを叩《たた》いていた男が顔をあげた。

「おれ、旅行したいんです。どこか遠いとこへ」

「観光ですね。どちらへ」

「外国ですわ。方角は西か南。いまの季節、どこがよろしい」

「東南アジアはいかがです」

「あかん。東南アジアはあかん」

壁の地図を見あげた。韓国の南に島がある。「あれ、済州島《さいしゅうとう》やね」

「そうです。いまは魚が旨《うま》いですよ」

「決めた。済州島や」

「ご予定はいつ？」

「今日ですわ。チケットとってください」

7

緒方はコーヒーを飲み、バルコニーに出た。空は青く澄みわたり、風は暖かい。今朝は九時から西帰浦《ソギポ》の船釣りを予約している。

煙草をくわえ、十一月十日の新聞を広げた。日本の朝刊が一日遅れで部屋にとどく。

社会面の見出しを眼にして、ライターを持つ手がとまった。
《教祖　株券詐欺《さぎ》被害——。今年の八月から十月ごろにかけて、大阪市内の宗教家と宗教団体関係者が詐欺の被害にあっている。容疑者は三十歳から三十五歳とみられる女で、大阪北浜の地場証券会社の外務員を装《よそお》い、宗教家や宗教団体関係者に「相場で多額の損失をこうむった」と身の上相談を持ちかけ、投資家から預かった株券を換金するという口実で宗教家らから現金を詐取するというもの。容疑者には証券会社営業部員役の男の共犯がいる。被害件数は現在、六件を超え、宗教家らは千二百万円から三百万円を騙《だま》しとられた。被害総額は約七千万円。ほかに複数の宗教家や気功、占い、風水《ふうすい》などの関係者も被害にあったとみられ、大阪府警捜査二課と東署は被害届けを受けて捜査をはじめた》
占い関係者とは誰のことや——。緒方は笑った。おかしくてしかたない。由子は被害届けを出していないようだ。
緒方は記事を破り、くしゃくしゃに丸めて火をつけた。

解体

1

江木オートから電話がかかった。キャデラック・セビルのラジエーターがないかという。

——ええタイミングですね。いまちょうど、セビルのエンジンを下ろしてるんです。ラジエーターは無傷ですわ。

——年式は。

——95年です。

——うん。いまからもらいに行きますわ。

——ファンシュラウドは。

——もらいます。

——ほな、外しときます。

受話器を置いた。事務所を出る。

解体作業場で、川添と嶋村《しまむら》がセビルのエンジンを下ろしていた。川添がフォークリフトのレバーを操作すると、チェーンを巻かれたV8の巨大なエンジンが宙に浮く。嶋村が揺れないようにゆっくりとエンジン置場に運んで、リフトパネルの上に下ろす。嶋村がチェーンを外して、エンジンのカムカバーにチョークで〝95／セビル〟と書いた。

キャデラック・セビルは先週、十八万円で買った。三協海上火災からまわってきた事故車だ。エンジンミッションは無傷だから、注文があれば二十万円で売れる。エンジンのほかにも、フジエーター、ギアボックス、クランクシャフト、ドア、ボンネット、トフード、トランクリッド、フェンダーパネル、バンパー、サスペンション、ステアリング、メーターパネル、オーディオなど、部品が売れれば採算はとれる。

「もうすぐ江木オートがくる。ラジエーターとファンシュラウドを外してくれ」

声をかけると、嶋村が手を上げてうなずいた。

しばらく嶋村たちの作業を見てから事務所にもどった。車寄せに、見慣れぬカローラが駐《と》まっている。そばに男がふたり立っていた。

「佐伯《さえき》さんですね」ずんぐりした年嵩《としかさ》のほうがいった。紺のスーツに流行遅れのレジメンタルタイ、薄っぺらいステンカラーコートをはおっている。

「そうですけど……」保険調査員ではなさそうだ。

「わし、兵庫県警の猪原《いはら》といいます。こっちは西口」

ふたりは小さく会釈《えしやく》した。西口は長身でスポーツ刈り、ツイードのズボンに革のハーフコートを着ている。

「刑事さんですか」

ひき逃げの訊込《ききこ》みだろう。年に一、二回は交通課の刑事が来る。

「これ、念のため」

猪原はコートの内ポケットから警察手帳を出して呈示し、名刺を差し出した。佐伯は受けとる。《兵庫県三田《さんだ》北警察署　刑事課捜査一係　猪原輝男《てるお》》とあった。

「立ち話もなんやし、どこか適当なとこはないですか」西口がいった。

「この坂を降りた先に、ファミリーレストランがあります」

事務所に刑事を入れたくなかった。

「ややこしいことというてすんませんな。案内してもらえますか」

猪原は愛想よくいって、カローラのドアを開けた。佐伯はリアシートに座る。西口が運転してレストランに向かった。

「うちが車を仕入れるのは損保会社と同業者です。盗難車が混じることはないはずですけど」佐伯は説明した。

「わしら、盗犯係でも交通捜査係でもない。強行犯係です」

「はぁ……」

「地図を見てもろたら分かるけど、三田市の千丈寺湖《せんじようじこ》に青野川いう川が流れ込んでまシてね。その上流の上青野で、二日前、セルシオが見つかったんです。色は緑、ナンバープレートはなし。間伐のマーキングで山に入った林業試験場の職員が一一〇番通報したんですわ」

「…………」

「現場は県道から五十メートルほど入った雑木林の中で、セルシオの車体には泥や枯れ葉がついてなかった。発見された前日に放置されたらしい。明らかに廃棄車ではないから、これはおかしいとなって、セルシオを署に牽引《けんいん》したんです」

猪原は前方を向いたまま口早にいい、首をコクリと鳴らした。「――車室内を調べたところ、革シートに血を拭《ふ》きとった痕《あと》がありました」

「事故車には血がつきものですわ」

「セルシオには擦《こす》り傷ひとつ、ついてません」

「ほな、なんで、三田から……」三田から箕面《みのお》へ来るには、車で一時間以上かかる。

「セルシオの車台番号から所有者を割り出したんです。……奥本政則《まさのり》、大日本火災海上保険の車両鑑定人ですわ」

「えっ、ほんまですか」

声がうわずった。「奥本さんはよう知ってます。いつも世話になってます」

奥本の車はダークグリーンのセルシオだ。

「奥本さんは三日前から行方不明です。三月八日、月曜日の夕方に守口支店を出たきり、消息を絶った。損害調査部の同僚には、佐伯商会に寄って帰る、というて退社したそうです」

「確かに、月曜日は奥本さんと会いました」

「二回、会《お》うたんですな。昼すぎと夜に」

「調べたんですか」

「それで給料もろてますねん」こともなげに猪原はいう。

カローラは坂を降り、信号を渡った。ウインカーを点滅させてファミリーレストランのパーキングに入る。午後三時、駐まっている車は二台しかない。佐伯は重い足どりでレストランに入り、窓際《まどぎわ》に席をとった。

「ここ、なにが旨《うま》いんですか」西口が訊いた。

「こういう店に旨いもんはないですね。麺《めん》類やパスタは腰がないし、肉料理はレンジで温めるだけでしょ」

「カレーはどうです」

「食べてみはったら分かりますわ」

西口は三十代半ばだ。なで肩で首が太く、耳に畳ずれがあるのは柔道のせいらしい。味は二の次で、よく食うのだろう。

佐伯と猪原はコーヒー、西口はピザとコーラを注文した。

「——その、シートに血がついてたんは、奥本さんの血ですか」猪原に訊いた。

「奥本さんの定期検診のカルテと照合して、血液型は一致しました。B型です」

「いまはもっと詳しい鑑定ができるんやないんですか。DNAとか、なんとか」

「カルテでDNA鑑定はできませんわ」猪原は笑う。

「失踪《しっそう》届けとか捜索願いは出てなかったんですか」

「奥本さんは独り住まいです。五年前に離婚して、子供はいてへん」

「けど、会社は困るでしょ。三日間も音沙汰《おとさた》がないんやから」

「損害調査部の上司は考えてたみたいですな。あと一日、無断欠勤がつづいたら、自宅へ行ってみようと」

「どこです、奥本さんの自宅」

「知らんのですか」猪原は意外そうな顔をする。

「奥本さんと個人的なつきあいはないんです」

「佐伯さんはいつ知り合うたんです、奥本さんと」

「もう七、八年前ですかね。彼が守口支店に転勤してきたんです」

「けっこう、親しかったそうですな」

「誰がいうたんです、そんなこと」

「それは、ま、いろいろとね……」猪原は言葉を濁す。

「奥本さんは犯罪に巻き込まれたんですか」

「その疑いがあるから、こうして捜査してますねん」

猪原は煙草《たばこ》をくわえ、灰皿を引き寄せた。佐伯の顔に視線をすえて、「三月八日の月曜日、佐伯さんがどこでなにをしたか、教えてくださいな」

「それ、どういう意味です」

猪原の顔を睨《にら》み返した。「まさか、おれを疑うてるんやないでしょうね」

「奥本さんはね、佐伯商会に寄って帰る、いうて会社を出たんです。そしてその翌日にセルシオが発見され、車内には奥本さんのものと覚しき血痕《けっこん》が付着してた。所轄《しょかつ》署の捜査員である我々が佐伯さんの話を聞くのはあたりまえやないですか」

「ちょっと大げさすぎるのとちがいますか。奥本さんの車が雑木林で見つかって、シートに血がついてた。……ただそれだけのことで、なんでおれが警察に調べられんといかんのです」

「すんまへんな。わし、なにからなにまで佐伯さんに喋《しゃべ》ったわけやない」

猪原は煙草を吸いつけた。「さっきはいい忘れたけど、セルシオのフロアマットには血が染《し》み込んでた。それも百ccや二百ccという少量やない。搾《しぼ》ったらバケツ一杯になるほどのどす黒い血が、運転席下のフロアに溜《た》まってましたんや」

「…………」

「さ、まだ新聞に発表してないネタを、わしは明かしました。次は佐伯さんの番です。三月八日のおたくの行動を、朝から晩まで細大漏らさず話してください」

なだめるように猪原はいい、佐伯はテーブルに視線を落とす。

「どないしました。喋れんのですか」

「――うちは車の解体屋で、奥本さんは損保会社の車両鑑定人ですわ。表沙汰にしにくいこともあるんです」

「わしらが調べたいのはセルシオの血だまりであって、佐伯さんの商売やない。おたくが都合わるいというんなら、決して口外せんと約束しますわ」

「その言葉、信用してもいいんですね」

「この首を賭《か》けましょか」

「分かりました。話します」

佐伯は深く息を吸った。

2

国道一七一号線、藤《ふじ》の里《さと》をすぎたところで車の流れがとまった。月曜の午前十時半、最も混雑する時間帯だ。渋滞は名神高速道路の茨木インター付近まで伸びているから、抜けるには二十分以上かかる。

佐伯は振り返って、リアウインドー越しに牽引車を見た。ラジエーターグリルがひしゃげ、ボンネットフードのまくれあがったボルボ940ターボが、黄色と黒に塗り分けたブームに吊《つ》るされている。ロワーアームに固定したフックに異常はない。

煙草をくわえてシガーライターを押し込んだとき、ダッシュボードに置いた携帯電話が鳴った。煙草を灰皿に置いて、着信ボタンを押す。

——おはようございます。奥本です。

低く嗄《かす》れた声は、大日本火災海上保険の奥本だった。

——自損事故で、９９３のティプトロがあるんですが、見積りを入れてもらえませんか。

〝９９３〟は車の型式番号で、ポルシェ９１１カレラのことをいう。〝ティプトロ〟はポルシェ開発の２ウェイ・オートマチックミッションだ。

——それは、うちが落とすということで？

——そのつもりです。

だったら、奥本の指示どおりの値をつけないといけない。

——９９３の年式、色、程度は。

——登録は99年の一月。シルバーメタリック。走行、二千。右のフロントからリアフェンダーまで損傷。シャシー、エンジン、ミッションは損傷なし。ストラットとロワーアームが少し歪《ゆが》んでます。

――エアバッグは。

――それはＯＫ。運転席も助手席も。

エアバッグが破裂していたら、ポルシェの取り替え部品は五十万円だ。助手席側はダッシュボードがめくれあがってフロントガラスまで割れてしまうから、それも合わせて修理しなければならない。

――で、奥本さんの鑑定は。

――三百万円。……会社には、二百万で通すつもりです。

――車はどこにあります。

――摂津《せっつ》の大和カーサービスです。

大日本火災海上の守口支店と提携しているレッカー屋だ。

――分かりました。昼すぎに大和へ寄りますわ。

――それで、うちの会社宛《あて》には二百十万円の値を入れてください。

――その値で、まちがいなく落ちるんでしょうね。

――落ちます。９９３の見積りを依頼したのは、佐伯さんと内外モータースだけだから。

――ま、とにかく、車を見ます。

電話を切った。奥本が下手に出てきたときは、ろくな頼みではない。

高槻《たかつき》のスクラップ屋でボルボを下ろし、別所から市役所前へ抜けて府道一六号線に入った。どの道も込んでいる。車を牽引《けんいん》していない空荷のレッカー車は、これが同じ車かと思うほどリアが跳ねる。

淀川に並行して南へ走り、柱本の交差点をすぎた。摂津市鳥飼《とりかい》、銘木団地の信号を右折する。大和カーサービスにレッカー車を乗り入れると、パーキングの左奥、作業場のそばに、ディムラー、MG・F、ボルボ850の事故車と並んで、シルバーの911カレラが駐《と》められていた。奥本のいっていた〝993・ティプトロ〟だ。佐伯は作業場の手前にレッカー車を駐めて、車外に出た。

911カレラは煤《すす》のような埃《ほこり》をかぶり、下まわりは泥がこびりついていた。ルーフを指で擦ると、そこだけライトシルバーの艶《つや》がよみがえる。車体は右のフロントからリアフェンダーにかけて、かなりひどく傷《いた》んでいる。バンパー部のウインカーは割れてバルブが露出し、右フロントホイールは歪んでタイヤの空気が抜けている。ドアパネルは下部が波うち、リアのオーバーフェンダーは折れ曲がってタイヤがはみ出している。

板金塗装、フロントバンパー交換、フロントフェンダーパネル交換、ホイール一本交換、ドアパネル交換、リアフェンダーパネル交換、修理費はひっくるめて百二、三十万か……。

ボンネットフードは浮いていない。ヘッドランプとフロントウインドーまわりのラインも正常だ。ボディーフレームとシャシーに損傷はない。

佐伯は地面に膝《ひざ》をついた。上体をかがめてホイールハウスからフロントサスペンション部を覗《のぞ》き込む。アンダーパネルがひずみ、右のロワーアームが歪んでいた。ダンパーを交換しなければならない。

サスの修理とホイールアライメント調整に八十ないし九十万……。

独りごちて、立ち上がった。ドアを開けて車室内を点検する。ピラー、ルーフ、シート、ダッシュボード、インパネ、ステアリング、どれも問題ない。オドメーターは2260キロを示している。

グローブボックスを開けた。車検証もマニュアルブックも整備記録簿もない。

エンジンフードのロックを解除して、リアにまわった。フードを持ち上げる。エンジンルームはきれいなものだ。エンジンマウントは正常でボディーに干渉していない。クランクケースまわりのオイル漏れもない。911のエンジンは空冷とはいえ、ドライサンプ方式でオイル容量が十リッター以上あるから、実質はオイル冷却エンジンだといえる。オイルが不足したまま走行していたら、クランクシャフト（メタル）が焼きついてしまい、そのときはエンジンそのものを交換するしかない。

――とそこへ、「その車、買うんかいな」後ろから声をかけられた。振り向くと、紺の作業服を着た梶谷《かじたに》がこちらに歩いてくる。

「大日本火災から入札依頼があったんですわ。これ、自損やと聞いたんやけど、どんな事故ですか」

「新在家《しんざいけ》や。新幹線の高架横でガードレールに突っ込みよった。雨でスリップしたらしいな」

「それ、いつのことです」

「先月の初めやったかな。雨の降る中を、わしが現場へ行ったんや」

「運転してたんは」

「若いきれいな女やった。髪が短こうて顔の小さい、なかなかのべっぴんさんや。赤いコートが雨に濡《ぬ》れてたがな」

レッカー屋は普通、警察の交通課から連絡を受けて事故車両を引き取りに現場へ行く。実況見分の終了前に現場へ着くことが多いから、梶谷は事故の状況をよく知っているのだ。

「まだ若い女が新車のカレラをね……」

「あれはよほど金持ちの娘やで。パパは病院かパチンコ屋でもしとるんやろ」

熱のこもらぬふうに梶谷はいって、「それで佐伯さん、この車の見積りは」

「さぁ、値付けはうちの企業秘密やから……」

口を濁した。奥本の鑑定価格と佐伯が入札する価格には九十万円の隔たりがあるのだから。

「ええ車や。走行二千の993やったら、右から左に売れるやろ」

「それはバブルのころの話でしょ」

佐伯はポルシェのドアを閉めて、「車検証と整備記録簿は」

「事務所に置いてる。コピーしたるわ」梶谷は背を向けて事務所へ行く。

レッカー車の携帯電話が鳴った。佐伯は運転席に座って電話をとる。奥本だった。

――993、見てくれましたか。

――いま、大和にいてます。車検証のコピーを頼んだとこです。

――きれいな車でしょう。

――上物ですわ。

——さっき、内外モータースの服部《はっとり》さんが来ました。見積書は二百五万円です。

——ほな、うちは二百十で出します。

——じゃ、待ってます。

電話が切れた。佐伯は舌打ちする。内外モータースのつけた二百五万円の値も、奥本が裏で指示したものだ。鑑定価格の高い車の場合、損保会社の所有する事故車と盗難車の売り渡しは入札という形式をとることが多いため、複数の見積書が必要なのだ。

奥本は大日本火災海上保険のアジャスター（車両鑑定人）で、守口支店の損害調査部にいる。奥本が佐伯の携帯電話に連絡してくるのは、会社に知られてはいけない犯罪まがいの取引だからだ。

損保会社は保険契約者から事故、盗難の連絡を受けると、リサーチャー（調査員）とアジャスターを派遣する。リサーチャーは事故、盗難の状況を調べ、アジャスターは被害金額の査定をし、両者の調査書類が揃《そろ》って、保険金詐欺《さぎ》などの疑惑がないと判断された時点で損害保険金が支払われる。

99年登録のポルシェ９１１カレラの車両保険契約額は一千百万円前後であり、大日本火災海上はカレラを全損扱いにして、契約者に保険金を支払う。これによって事故車両は大日本火災の所有となり、アジャスターの奥本は損傷の程度を調べて、車の写真を撮り、鑑定調査書を作成する。

だから、奥本が会社に対して〝ポルシェ911カレラの残存物価格は二百万円〟という偽りの鑑定書を差し出し、買い取り業者である佐伯商会が入札で二百十万円の値をつければ、カレラは佐伯商会に落札される。そうして佐伯は二百十万円を大日本火災に振込み、奥本には九十万円の現金を手渡す。本来の残存物価格が三百万円のカレラを三百万円で買うのだから、佐伯商会に損得はない。

くわえ煙草《たばこ》の梶谷が車検証のコピーを持ってもどってきた。佐伯はウインドーを下ろして受けとる。

「事務所でコーヒーでも飲んでいくか」

「これから大日本火災へ走らなあきませんねん。今日中に値を入れてくれと、奥本さんにせっつかれてる」

「佐伯商会の二代目も保険屋には頭が上がらんか」

そう、アジャスターの機嫌をそこねたら解体屋商売はあがったりだ。

コピーをグローブボックスに入れて、エンジンをかけた。ウインドーを上げる。梶谷はあくびをして佐伯を見送った。

3

「奥本は三百万のポルシェに二百十万の値をつけて、九十万を懐《ふところ》に入れる。えらい安直な手口ですな」猪原がいった。

「バブルのころは、似たような背任行為が頻発しました。会社にばれて馘《くび》になったアジャスターがたくさんいたんです」

「佐伯さんは奥本の片棒をかつがされて、ええ迷惑やないですか」と、西口。

「最近は損保会社のチェックが厳しいからね」

「ほな、いったいなんのメリットがあって入札するんです」

「プロの鑑定人である奥本さんが993・ティプトロにつけた三百万円の査定額にまちがいはない。おれが見た993の修理費は概算で二百万円やから、トータルすると五百万円で当年登録の911カレラが手に入ることになる。いくら修復車とはいえ、業販オークションに出したら捨て値でも六百万、素人《しろうと》のユーザーが相手なら七百万以上で売れるんです。五百万の投資で百万から二百万の利益が上がったら、わるい商売やないでしょ」

「こうして話を聞くと、奥本はなかなかのワルですな」

猪原がいった。「しょっちゅう、そういうことをしてるんですか」

「それは分かりません。大日本火災の取引先は、うちだけやないから」

佐伯はコーヒーを飲んだ。苦いだけで香りがない。

「ポルシェの入札をしたんは、保険会社で？」

「そう、見積書を守口に持って行きました」


箕面市稲辺《いなべ》、佐伯はいったん会社にもどった。自衛隊の通信基地と千里川に挟まれた三百坪ほどの細長い敷地に、プレハブの事務所兼倉庫と屋外作業場、車置場がある。昭和四十二年に佐伯の父親がこの土地を買ったころはススキの生い茂る荒れ野だった。四十五年に通信基地が設置されて道路が拡幅され、その道路の周辺に次々と建売住宅が建っていった。いまは近くに、コンビニからファミリーレストラン、カラオケボックスまでそろっている。赤錆《あかさ》びたフェンスの中に廃車や解体部品を積み上げた佐伯商会は、新興住宅街の真ん中にとり残された目障《めざわ》りな異物であり、やれフォークリフトやクレーンの音がうるさい、ガス熔断《ようだん》のけむりが臭《にお》うと、自治会の役員が代わるたびに苦情がくる。自治会のできる二十年も前から、うちは稲辺で車の解体をしているといったところで、多勢に無勢、これからは気をつけますと、頭を下げてやりすごすしかない。

佐伯はレッカー車を駐《と》めて事務所に入った。嶋村が弁当を食っている。

デスクの上にメモ用紙とファクスが一枚。メモは吹田《すいた》の自動車整備工場と豊中の中古車ブローカーからだった。

佐伯は整備工場に電話をかけた。ＢＭＷ７５０ｉＬのトランスミッションがないかと訊《き》かれたが、在庫はなかった。

豊中のブローカーはベンツＥ３２０を探しているといった。佐伯はこしばらく現行型のＥクラスを扱っていない。代わりに99年の９９３・ティプトロはいらないかと持ちかけたら、五百万の値をつけてきた。ばかばかしい。六百五十なら売るといって電話を切った。

ファクスは住東海上火災からきた引取依頼書だった。89年登録のローバーミニ・メイフェア。事故日は二カ月前の一月九日で、抹消登録証明書が添付されている。引取希望日は明後日の三月十日、引取場所は寝屋川南警察署。車両の損傷状況を読むと、ボンネットからフロントトウインドーまで破損している。

「このごろ、住東からくる車はクズばっかりやな」嶋村にいった。

ミニのような小さい車はシャシーまでやられているだろうから、解体してエンジンを外し、あとはスクラップにするしかない。修復して販売できない車は、ほとんど儲《もう》けにならないのだ。

「ミニは売れんやろ」

「そう、修理しても売れん」

ローバーミニがよく売れるのは世界中で日本とヨーロッパだけだ。東南アジアではベンツやボルボといった故障しにくい丈夫な車が売れ筋だから、ミニは人気がなく、したがって部品の需要もない。スクラップに等しい低年式のミニを引き取るのは、まるっきりの赤字であり、住東海上火災に対するサービスだといってもいい。住東もそのあたりの事情はよく分かっていて、五件に一件はBMWやベンツ、ワーゲンなどの程度のいい事故車をこちらにまわしてくれるのだが。

「しゃあない。明後日の朝いちばん、川やんに行ってもらお」

立って、壁のホワイトボードに引取の日付と場所を書いた。こうして毎日、ボードの予定欄が埋まっていく。

佐伯はデスクの抽斗《ひきだし》から見積用紙を出し、梶谷にもらった車検証のコピーを広げた。ポルシェの登録番号と車台番号を用紙に書き、二百十万円の見積価格を書き入れる。

封筒に収めて糊《のり》付けした。

「おれ、守口の大日本火災に行ってくる。入札や」

「車は？」

「99年のカレラ」

壁に吊《つ》るしたオペルのキーをもって、事務所を出た。

4

「佐伯商会の従業員は何人です」西口が訊いた。

「全部で三人です。おれのほかに、嶋村と川添」

嶋村が主に解体をし、川添はクレーン搭載の四トントラックに乗って引取をする。

佐伯は事故車の買い取りや取引先との折衝だ。「給料計算とか帳簿づけは、週に一回、税理士がきてます」

「経営者は大変ですな」

「貧乏暇なしですわ」

「見積書を大日本火災にとどけたんは何時ごろでした」

「三時前やったと思います」

　大日本火災海上保険守口支店には四十分で着いた。京阪滝井駅近くの貸しビルだ。

　佐伯はビルの隣の駐車場に車を駐めて、支店に入った。二階へ上がって損害調査部の扉を押す。カウンターの向こうにデスクが六つ。女性事務員がこちらを見て、小さく頭を下げる。奥本は左のキャビネットのそばに立ってファイルを繰っていた。

「ああ、ご苦労さん。見積書ですね」とってつけたようにいう。

「993・ティプトロです」

「どうぞ、こちらへ」

　奥本は窓際《まどぎわ》のソファに腰を下ろした。佐伯も部屋に入ってソファに座る。クラッチバッグから封筒を出してテーブルに置いた。

「993はいつ見られたんです」

「昼前です。いったん会社へ帰って書類を作ってきました」

「けっこう壊れてたでしょう、あの車」

「なんとか修理はできそうやけど、費用がね……」

　事務員の耳を意識して話をあわせる。奥本はテーブルの封筒を取り上げて封を切り、

中の見積書を広げた。うん、とひとつうなずいて、

「いい値ですね」

「落札できそうですか」

「それはまだいえません。今晩か明日、返事します」

奥本は肘《ひじ》かけにもたれかかり、「最近はどうです、いい車が入りますか」

「やっぱり不景気ですね。引取の台数はそう変わらんけど、高年式の車が少ない。スクラップにする車がほとんどですわ」

「うちの支店でポルシェを全損扱いしたのは久しぶりですよ。それも当年登録というのは珍しい」

奥本は煙草をくわえてダンヒルを擦る。火がつかない。

「大和の梶谷さんがいうてました。雨でスリップしてガードレールに突っ込んだと。あれだけ派手に壊れてたら全損にするしかないでしょ」

佐伯は使い捨てライターを奥本に渡した。「ほな、失礼しますわ。昼飯、食うてないんです」

「入札結果が出たら連絡します」

「よろしくお願いします」クラッチバッグをとって立ち上がった。

「そのあと、奥本さんは門真《かどま》に走って、追突車両の鑑定をした。守口支店に帰ってきたんが午後六時。佐伯商会に寄って帰ると同僚にいい、セルシオを運転して支店を出た。タイムカードは、三月八日の十八時二十分」猪原がいう。

「六時半ごろ、おれの携帯に電話がかかりました。八時にシェラトンのロビーで会うことになったんです」

「入札の結果を伝えるだけなら、電話で済むでしょ」

「接待ですわ。おれは奥本さんを新地の鰻《うなぎ》屋に連れていきました」

「どんな話をしました」西口が訊いた。

「あんまり憶《おぼ》えてないですね。ギャンブルとか野球とか……。奥本さん、競馬ファンですねん」

「その鰻屋はなんというんです」

「新地本通りの『う藤《とう》』です」

「行きつけの店ですか」

「たまに顔出します」

「鰻屋のあとはどこへ行きました」猪原が訊く。

「別れました。新地本通りで。奥本さんは車やったし、あの人とは飲みたないから」

「何時ごろ別れたんです」

「十時すぎかな……」

「そのあと、佐伯さんは」

「家に帰りました。地下鉄で」

御堂筋《みどうすじ》線の淀屋橋駅から千里中央駅、そこから新千里北町へ歩いた。

「すると、自宅に帰り着いたんは十一時すぎですな」

猪原はうなずいて、「マンションでっか」

「公団の賃貸住宅です。B棟の405」

「失礼ですけど、ご家族は」しつこく訊いてくる。

「おれはまだ独りですねん。親父《おやじ》は死んで、おふくろが伊丹《いたみ》に住んでます」

「奥本さんはセルシオで新地に来た……。駐車場はどこでした」

「それは聞いてません」

「佐伯さんと別れたあと、どこか飲みにいったんですかね」

「知りません」

「そうでっか……」

猪原は視線を宙に向けた。両手をテーブルについて、「いや、どうもありがとうございました。長いことお引きとめして申しわけないです」深々と頭を下げる。

「会社までお送りしますわ」

西口がキーを持って立ち上がった。

5

佐伯を送りとどけて、中央環状線に向かった。

「どないです、あいつ」ぽつり、西口が訊く。

「すっきりせんな。なんかしら、ひっかかる」

いわくいいがたい刑事の勘だ。「あの男の話は澱《よど》みがなさすぎる。訊きもせん事故車の話や入札の内幕をべらべら喋《しゃべ》るわりに、肝腎《かんじん》のことは口を噤《つぐ》んでる……。そんな感じがするんや」

「わしもいっしょですわ。露骨なアリバイ調べされて、厭味《いやみ》のひとついわんやつも珍しい。ちょっとは取り乱しても罰あたりませんで」

「セルシオのフロアに血だまりがあったというたときの、佐伯の反応や。わしはあの冷静さが気に入らん」

セルシオの車室はシートからダッシュボードから、ウインドーまで、いたるところに血が飛び散り、それを拭《ふ》きとった痕《あと》があった。犯人は運転席に座った奥木をめった刺しにし、死体を引きずり出して遺棄したのだ。現場付近の捜索をはじめて三日目になるが、死体と凶器はまだ見つかっていない。

「西やんの心証は」

「灰色ですな。黒でも白でもない」

西口は煙草《たばこ》をくわえてシガーライターを押す。「――この事件、いつ発表するんですか」

「今晩やろ。副署長と課長が相談してた」

三田北署には記者クラブがない。新聞記者にはまだ嗅《か》ぎつけられていないのだ。

「本部事件になりそうですか」

「それはどうかな。……死体が出てからやろ」

捜査本部が設置されたら、県警本部から捜査一課が出張《でば》ってくる。捜査の指揮は一課の班長が執り、所轄《しょかつ》署の捜査員は応援部隊といった扱いになる。建前はどうあれ、新参に鼻面《はなづら》を引きずりまわされて、おもしろかろうはずはない。

「なにを好きこのんで、大阪から三田まで来よったんや。血まみれの車は関空やエキスポランドに放置したらよろしいがな」西口はいいつのる。

兵庫県警と大阪府警は犬猿の仲だ。捜査協力など望むべくもない。

カローラは中央環状線に出た。渋滞している。

「こらあかん。どこか抜け道ないですか」

「さぁな……」猪原は道路地図を広げた。


日暮れ――。京阪滝井駅に着いた。商店と民家の建て込んだバス通り、四階建のテナントビルが大日本火災海上保険守口支店だ。

猪原と西口は駐車場に車を駐《と》めて、ビルのガラスドアを押した。玄関の右に営業部がある。受付の女性に名刺を差し出すと、すぐ応接室に通された。セルシオの所有者が判明した火曜日の夜、猪原と西口は支店長に会って事情を聞いている。

ノック。支店長の藤沢と損害調査部自動車担当課長の矢野が応接室に入ってきた。

「どうも。先日はお世話になりました」猪原と西口は立って一礼した。

「ご苦労さまです。どうぞ、おかけください」藤沢がいい、ソファに腰を下ろした。

「奥本さん、ポルシェの鑑定をしたそうですね」

西口がいった。「月曜日に入札をした……」

「内外モータースと佐伯商会です。わたしが見積書を受けとりました」矢野が答えた。

「落札は佐伯商会。値段は二百十万円ですね」

「そのとおりです」

「全損事故で一千万円以上の車が五分の一の値段になるのは、ようあることですか」

「アジャスターが査定をしたんです。正当な評価でしょう」

奥本は優秀な鑑定人だと矢野はいう。

「ポルシェの車検証、見せてもらえませんか」猪原はいった。

「コピーがあります」

矢野は応接室を出て行き、すぐにもどってきた。猪原は紙片を受けとって、テーブルに広げる。

《登録番号―大阪33ま94××　車名―ポルシェ　所有者の氏名又は名称―園田香里《かおり》
所有者の住所―大阪市福島区玉川5丁目3・26　七尾レジデンス408》

「――福島区玉川はどんなとこです」

「住宅地ですね。町工場も多いんじゃないかな」

「北新地に近いんですか」

「新地からだと、ワンメーターの距離です」藤沢が答えた。

「所有者はクラブのホステスですかね」

「それは分かりませんが、水商売の女性はポルシェを好みますね」

藤沢はうなずいた。「これはポルシェのディーラーから聞いた話ですが、バブルのころ、ミナミのクラブのホステスがヤクザの組長にカレラを買ってもらったんです。ところが不況になって、組長はローンを払えない。上納金も滞る始末だからカレラを売っ払おうとしたのに、ホステスは譲渡証明書に印鑑を押さない。すったもんだのあげく、組長はホステスを殴って、傷害罪で逮捕されたという、笑えない話がありました」

「なんと、気の強い女ですな」

「金の切れ目が縁の切れ目でしょう」

「奥本さんの年収はいくらぐらいですか」西口が訊《き》いた。

「税込みで一千万は超えてると思います」と、矢野。

「それは鑑定数に関係なく？」

「奥本は正社員です。契約社員ではありません」

金融、損保はやはり、給料がいい。奥本は大阪の二流私大卒で、北浜の地場証券会社から大日本火災海上に途中入社した。年齢は四十歳だ。

「独身で収入が多い。……奥本さん、どんな遊びを」

「私生活は知りません。酒は好きで、よく飲んでましたけど」

「馴染《なじ》みの店は」

「新地とミナミですね」

「いっしょに行かれたことは」

「はい。何度か」

「それ、教えてください」

矢野は北新地のクラブを二軒、宗右衛門町《そえもんちょう》のラウンジを一軒、憶えていた。西口が店名をメモする。

「奥本さんの交遊関係で、暴力団関係者はなかったですか」猪原は訊いた。

「そんな関係はまったくありません」矢野は大げさにかぶりを振る。

「けど、ポルシェやベンツを鑑定してたら、いやでも顔をあわせるでしょ」

「確かに、そういう接触は否定できません」もってまわった言い方を矢野はする。

「トラブルもけっこうあるんでしょうな」

「――ま、皆無とはいえません」

「鑑定人には、いろいろ誘惑が多いのとちがうんですか」

「それを疑いだしたらキリがありませんから」

「矢野さんに心あたりはないですか、奥本さんの失踪《しっそう》に関して」

「ごめんなさい。なにも思いあたりません」

矢野は頭を下げた。いくら訊いても話しそうにない。

「セルシオの車内に手がかりはなかったんですか」

話題を逸《そ》らせるように、藤沢が訊いた。

「指紋も毛髪も凶器も、なにも見つかってないんですわ」

「奥本は殺されたというわけじゃないんでしょう」

「血痕《けっこん》が付着してただけですからね」

このふたりには、フロアの血だまりのことを話していない。血だまりの中には一握りの頭髪も混じっていて、奥本が頭や顔を切りつけられたことを示していた。犯人は返り血を浴びて真赤になっていただろう。「詳しい状況は明日の朝刊を読んでください」

「うちの社名が載るんですか」

「そら、載りますやろ」

「そうですか……」藤沢は俯《うつむ》いて、ためいきをつく。

「すんません。長居しました」

猪原はコピーを手にとった。「また、来ます」

西口をうながして腰を上げた。応接室を出る。

「食えんな、あの支店長」

「矢野のほうもね」

「いずれは左遷《させん》か」

「監督不行届きでしょ」

駐車場。カローラに乗った。

6

梅田に着いたのは七時半だった。駅前第一ビルの地下駐車場に車を駐め、桜橋の蕎《そ》麦《ば》屋で腹ごしらえをしてから北新地へ歩いた。佐伯に聞いた鰻《うなぎ》屋『う藤』は、新地本通りの御堂筋寄りにあった。女将《おかみ》に佐伯の名をいうと、馴染み客だといい、係の仲居を呼んでくれた。

「――はい、そうです。月曜日はおふたりでいらっしゃいました。二階のお座敷にお通ししたんです」

「佐伯さんの相手に見覚えは」

「あります。ときどき、いっしょにいらっしゃいますから」名前は知らないという。

「それは、このひとですな」損害調査部で入手した奥本の写真を見せた。

「はい、まちがいありません」

「何時ごろ、店を出ました」

「十時すぎやったと思います」

「勘定は佐伯さんですな」

「いつも、そうです」

「ふたりの話の内容なんか、憶《おぼ》えてませんか」

「なにも聞いてません。お座敷でしたから」仲居は首をふる。

ほかにいくつか質問したが、めぼしい情報はなかった。猪原は礼をいって『う藤』を出た。

「――さて、これからや。佐伯と奥本はほんまに新地で別れたんかい」

「十時すぎいうたら宵の口ですわ。佐伯はともかくとして、奥本がどこへ行って、誰に会うたか……。それをつきとめんとね」

「奥本はセルシオに乗って新地に来た。どこに駐めたんや」

「この近辺のパーキングでしょ」

セルシオの車内に駐車場の領収書は残っていなかった。

「あたってみますか。駐車場の伝票には車のナンバーが残ってるはずです」

「効率がわるすぎる。駐車場は何十カ所とあるのに、わしらはふたりや。頭数そろえて出直したほうがええ」

「ほな、どうします」

「わしは奥本の馴染みのクラブへ行きたい。月曜日に顔を出してるかもしれん」

「そうか。それがあった」

西口はポケットからメモ帳を出した。


『ヘミングウェイ』は『う藤』から西へ百メートルほど行った、ハーフミラーのビルの七階にあった。落ち着いた雰囲気の凝ったインテリア、人待ち顔のホステスがカウンターの手前に並んでいる。七、八人はいるだろうか。マネージャーらしいダークスーツの男が立ってこちらに来た。

猪原は手帳を呈示し、身分と名前をいった。

「——大日本火災の奥本さん、知ってはりますか」

「ええ。よく存じてます」

「最近、奥本さんが来たんは、いつですか」

「そうですね、もうしばらく、お見えになってませんが……」

マネージャーは金縁の眼鏡を小指で押し上げ、「奥本さん、どうかされたんですか」

「いや、ちょっとした事件があって、調べてるんですわ」

「保険のトラブルですか」

「そんなとこです」

「車の事故調査って面倒なんでしょ。怖いひとに因縁つけられるって、奥本さん、こぼしてましたよ」

客がいなくて暇をもてあましていたのか、マネージャーはよく喋《しゃべ》る。オールバックになでつけた髪はカツラだ。

「奥本さんは、たまに来るだけですか」西口が訊いた。

「去年までは、しょっちゅういらっしゃったんですが、奥本さんの女の子が辞めちゃいましてね。いまはミナミのクラブで、ちいママをしてるそうです」

「女の子が店を変わったら、客も変わりますか」

「だからスカウトされたんです」

「この店、客単価はいくらです」

「ボトルがあれば三万円です」

「安くはないですな」

「新地のクラブですからね」

奥本は羽振りがよかったようだ。年収一千万で、どうやって高級クラブを飲み歩くことができたのか。

「その、女の子が移ったミナミのクラブは、なんといいます」猪原は訊いた。

「そんなこと、知りませんよ」マネージャーは横を向いた。

「ちいママの名前は」

「かおるでした。ここでは」

「本名は」

「あれは確か、香里じゃなかったかな」

「香里……」ハッとした。「苗字《みようじ》は園田ですか」

「ええ、よくご存じですね」

マネージャーはまた、眼鏡を押し上げた。

7

四月一日——。朝刊に〝三田事件〟の記事が載っていた。

《三田市の血痕自動車事件、捜査進展せず》
《発見から三週間、捜査本部にあせり》
《兵庫県三田市上青野で先月九日、大東市日下《くさか》二丁目、損害保険会社社員、奥本政則さん(40)所有の乗用車が発見され、車内に多量の血が付着していた事件で、奥本さんの消息が不明のまま二十日以上が経過した。兵庫県警捜査一課の三田北署捜査本部によると、奥本さんの安否について依然、手がかりはつかめず、現場周辺の捜索でも有力な遺留品は発見されていない。車内の状況から奥本さんは殺害されたのではないかとみられ、捜査本部は奥本さんの顔写真と体の特徴を警察庁を通じて全国の警察本部に手配。上青野地区で不審な人物や車を目撃した人がいないか情報を求めているが、事件につながるものはなく、捜査本部にもあせりの色が見えはじめている》

佐伯はコーヒーを飲みほして、煙草《たばこ》をくわえた。ライターを手にしたところへ、インターホンの音。

なんや……。壁の時計を見た。まだ八時だ。佐伯は立って受話器をとった。

——はい、どなた。

——三田北署の猪原です。

——なんの用です。

——すんません。中に入れてもらえませんか。

——待ってください。

パジャマの上にフリースジャケットをはおった。玄関へ行ってドアを開ける。猪原と西口が廊下に立っていた。

「なんですねん、こんな朝っぱらから」

「この時間やったら起きてはると思てね」

「八時半には会社へ出ますから」

いって、ふたりを招き入れた。ダイニングの椅子《いす》に座らせる。

「きれいにしてはりますな。男の独り住まいやのに」

部屋を見まわしながら、猪原はいう。

「おふくろがときどき掃除にくるんです」

「そらよろしいな。よめさん、いりませんがな」

「いったいなんですか。用件をいうてください」

「今日これから、三田北署に来てもらいたいんですわ」

「は……？」

「任意同行です」

猪原は真顔になった。「佐伯さんから事情を聴取したいんです」

「そんなあほな……」

「嘘《うそ》でも冗談でもない。佐伯さん、あんた、重要参考人なんや」

「………」口もとがこわばる。頭が熱い。

「さ、分かったら用意するんや。パジャマのなりで車に乗れんやろ」

「待ってくれ。任意同行は強制とちがうはずや」

「理屈こねるんやったら、逮捕状持って出直してもええんやで」西口がいった。

「おれは行かへん。警察行ったら、無理やり自白させられる」

「従業員の前で手錠かけられたいんか、え」

「なにを証拠に、おれを責めるんや」

「証拠はある。ぎょうさんあるがな」

猪原がいった。「あんた、三月八日の夜、新地本通りで奥本と別れたというたな。ところが、十時半ごろ、桜橋の『大都』いう駐車場に男がふたり現れて、セルシオに乗ったという証言があるんや。駐車伝票と奥本のセルシオのナンバーは一致した」

「………」

「三月九日の午前七時二十分、上青野のバス停『上青野口』からバスに乗った男がおる。三十代半ば、中肉中背、黒縁眼鏡、黒っぽいスキー帽をかぶってた。男は広野口でバスを降り、JR広野駅から宝塚線に乗ったらしい」

猪原は腕を組んで、「千丈寺湖畔の小野には二千坪の廃車置場があって、あんたはスクラップを運んだことがある。千丈寺湖一帯に土地鑑があるんや」

「………」

「上青野の現場周辺には血痕《けっこん》がなく、死体を引きずった跡もなかった」

西口が話をつぐ。「あんた、小野に死体を埋めてから上青野へ走って、セルシオを放置したんとちがうんかい」

「――知らん。おれはなにも知らん」

「佐伯商会の取引銀行は三協銀行箕面支店や。調べてみると、佐伯商会はここ一、二年、売上が落ちて資金繰りが逼迫《ひっぱく》してる。いつ倒れてもおかしくない経営状態や」

「…………」

「それともうひとつ、佐伯伸一の普通預金口座から、去年の七月二十三日に四百三十万、今年の一月十四日に七百二十万円の現金が引き出され、振り込まれてる。振込先は菱和銀行大東支店、口座名義は奥本政則。……あんたは奥本に千百五十万円の資金を融資したらしいけど、この金が返済された形跡はない」

「…………」

「あんたはしかし、どういう理由で奥本に金を振り込んだか……」

猪原がいった。「そう、あんたと奥本は、つるんで保険金詐欺《さぎ》を働いてたんや」

「いったい、なにをいうとるんや。世迷《よま》い言《ごと》はやめんかい」

「往生際《ぎわ》がわるいな。園田香里や。みんな吐いたがな」

「なんやて……」

「奥本は園田に金を渡してポルシェ911カレラを買わせた。園田は大日本火災海上と車両保険契約をかわしたのち、守口支店の管轄《かんかつ》区域内でポルシェを衝突させる。車両鑑定人の奥本がこれを全損扱いにして一千百万円を園田に支払い、あんたは二百十万円でポルシェを手に入れる。百万で修理して七百万で売ったら、四百万の稼ぎというからくりや。こないだのあんたの話は、修理費とオークション価格をごまかしてた」

「…………」

「同じ手口で、奥本とあんたは詐欺を重ねてきた。BMW750、ベンツSL、AMG、フェラーリ……。ここ五年で、四、五千万は稼いだはずや」

西口がいう。「名義を貸すだけで百万もの金がもらえるのはうれしいし、大した罪悪感もない。園田香里は三年前も、ベンツをぶつけてるがな」

「車の所有者はホステスが多かった」

「運転の下手なホステスが、都合よく事故を起こせるかい」

「語るに落ちたな。事故はみんな自損やで。深夜、雨降り、人通りのない道路、事故の瞬間を目撃した人間はいてへん」猪原がいった。

「おれと奥本が共犯なら、なんで奥本を殺さんといかんのや。動機がないやないか」

「あんたは奥本に貸した金の返済を迫った。奥本は言を左右にして、へらへら笑うだけ。……あの日、セルシオの車内でなにがあったか、それを聞くために、わしらはあんたを迎えにきたんや」

「………」耳の奥に搏動《はくどう》が聞こえる。

「生身の人間をめった刺しにするのはどんな感じや。首のもげかけた死体を埋めたときは、どんな気持ちやった」

「………」

「ほら、行くぞ。さっさと着替えんかい」

　佐伯の視界から色が消えた。

8

《自動車解体業者　殺人容疑で逮捕》
《三田市上青野で三月九日、損害保険会社社員、奥本政則さん（40）所有の乗用車が発見され、車内に多量の血が付着していた事件で、兵庫県警三田北署捜査本部は、四月四日、自動車解体業、佐伯伸一容疑者（37）＝豊中市新千里北町一丁目＝を殺人の疑いで逮捕した。
　調べでは、佐伯容疑者は三月九日午前二時ごろ、宝塚市切畑のゴルフ場で、持っていたナイフで奥本さんの顔や首などを切りつけて失血死させ、遺体を三田市の山中に運んで埋めた疑い。佐伯容疑者と奥本さんは自動車保険詐欺にからむトラブルがあり、佐伯容疑者が貸した金を奥本さんが返済しなかったことから、犯行におよんだものと捜査本部はみている。

佐伯容疑者は奥本さんの遺体を三田市内に運んだことは認めているが、埋めた場所については「気持ちを整理したい」などと口をつぐんでいるという。捜査本部はこれまで佐伯容疑者から任意で事情聴取していた》

冬桜

1

宮崎が〝七筒《チーピン》〟を捨てた。河瀬がチーして、〝西《シャー》〟を打つ。

「なんや、おい、聴牌《テンパイ》させてしもたわ」と、宮崎。

「聴牌でもなんでもええ。話のつづきや」

正木は〝九萬《チューワン》〟を切って、宮崎に訊《き》く。「そのカジノに入るにはどないするんや」

「もちろん、一見《いちげん》では入られへん。誰かの紹介がいるわな」

「あんたは誰に紹介してもろたんや」

「スナックのママや。ときどき、店がはねてから行ってるらしい。新しいカモを連れてったら、カジノから小遣い銭をもらえるみたいやな」宮崎は〝八索《パーソ》〟を切る。

「で、あんたはなんべん、そのカジノで遊んだんや」

「一回だけや。なんせ、チップが高いから、すぐにスッてしまう。たった二時間で三十万以上負けたがな」

チップは五千円と二万五千円の二種類、種目はビッグバカラだけだという。

河瀬が〝一筒《イーピン》〟をツモ切りした。

正木のツモは〝五筒《ウーピン》〟。これは打てない。安全牌の〝二萬《リャンワン》〟を対子《トイツ》で落としていく。

「客は多かったか」

「十四、五人やったかな。どいつもこいつもまともな稼業《かぎよう》やない。二万五千円のチップを、いっぺんに二十枚も張るようなクソがおった」宮崎は摸牌《モウパイ》して、場を見まわす。

「そのカジノ、どこにある」

「ミナミや。鰻谷《うなぎだに》の薄汚いビルやった」

「スナックの名前は」

「宗右衛門町《そえもんちよう》の『アンジュ』。……あんた、行くんか」

「いや、べつに……」

「遅いな。早よう打ったれや」河瀬がいった。

「やかましわい」宮崎は牌を卓に打ちつけた。〝六筒《ローピン》〟だ。

「ロンッ」河瀬がいった。「中《チュン》・混一色《ホンイーソ》・ドラ一。荘家《オヤ》の満貫《マンガン》や」

「なんじゃい、くそったれ」

宮崎はシャツのポケットから札束を抜いた。一万二千円を数えて卓に放る。

と、そこへ携帯電話が鳴った。正木は着信ボタンを押す。

――はい、正木。

――わしや。

北原の声。――二時に堂山。NTTの前。

――ああ、分かった。

電話を切った。

「わるいけど、抜けさせてくれ」

「ちょっと待てよ。こんな時間に抜けられたら、メンバーがおらへんがな。わしは負けとるんやで」宮崎が泣きを入れる。

「メンバーなら、あこにおる」

あごをしゃくった。壁際《かべぎわ》のソファ、マスターが鼾《いびき》をかいている。

「おい、おやじ、起きんかい。仕事やぞ」

正木はいって、煙草《たばこ》を吸いつけた。

2

都島《みやこじま》通り、NTTサービスセンターの前でタクシーを降りた。人通りはほとんどなく、客待ちのタクシーが堂山町の交差点のまわりに何十台と停まっている。寒い。ダウンジャケットのジッパーを上げた。

北原はサービスセンター横の自販機のそばにいた。後ろに戸倉と亮《りょう》もいる。四人がそろった。

「遅刻やぞ、一分」北原がいった。

「わるい。来る途中でラーメン食うた」

「今度からサンドイッチにせい」

北原はコートのポケットからチョコレート色の手帳を出した。戸倉と亮、正木に一冊ずつ手渡す。白い布の手袋も出して、みんなに配った。

「カメラは」手帳と手袋をズボンのポケットに入れて、正木は訊いた。

「ここだ」戸倉が肩に提げたバッグを叩《たた》く。

「ほな、行くか」北原を先頭にして歩きだした。

細い路地を南に抜けて、堂山の飲み屋街に入った。アーケードの下にたむろしているのは茶髪と金髪のフリーター風ばかり。まともな勤め人は家で寝ている。

堂山から神山町、寂れた商店街の外れに、そこだけネオンを灯《とも》したゲームセンター、『ポパイハウス』がある。十坪ほどの店に置いているのはポーカーゲーム機が八台。むろん、非合法の換金をしている。

「ようすを見てこい」化粧品屋の前に立ちどまって、北原が亮にいった。

亮は黒縁の眼鏡をかけ、ワッチキャップを目深《まぶか》にかぶって歩いていった。黒のステンカラーコートに黒のズボン、なで肩で痩《や》せている。

亮はポパイハウスの前を通りすぎ、しばらく行って、また引き返してきた。

「どうだった」戸倉が訊く。

「五人いてる。客が三人に、店長と店員」

「よっしゃ。カチコミや」

全員が布手袋をつける。北原はツィードのハンチングをかぶり、銀縁の眼鏡をかけた。戸倉は髪を七、三に分けて、セルフレームの眼鏡をかける。正木は髪をばさばさにし、縁なしの眼鏡をかけた。この日にそなえて不精髭《ぶしようひげ》をのばしている。

北原、戸倉、亮、正木の順でポパイハウスに入った。いらっしゃい、赤いベストの店長が仏頂面《づら》でいった。

「すまんな、客やないんや」

北原は店長の眼の前に手帳をかざした。店長の顔がひきつって立ちすくむ。なにごとか、とテーブルの客が顔を上げた。

「捜索差押許可状や」北原はポケットから封筒を抜いて、「常習賭博《とばく》及び賭博場開張等図利《とり》、賭博場開張幇助《ほうじょ》容疑で捜索する」と、カウンターに置く。

「わしは知らん。なにもしてへん」

客のひとりが立ち上がった。革のブルゾンを着た四十男だ。

「動くな。そのままだ」

鋭い声で戸倉が制した。男はへなへなと座り込む。

「指示に従わんときは公務執行妨害で逮捕する」

北原がつづけた。「シャッターを降ろしてくれ」

蝶《ちょう》ネクタイの店員があわてて壁のスイッチボックスを開けた。モーター音がしてシャッターが降りる。

戸倉がバッグからカメラを出した。亮がフラッシュをセットし、店内を撮影する。

客はさっきの四十男と、すかしたスーツのクラブマネージャーらしい男、連れの豹柄《ひょうがら》コートのホステス。ひとりずつ、ゲーム機の前に座っているのを写真に撮っていく。

「そのふたり、こっちへ来てくれ」

北原が店長と店員を呼んだ。「ここ、控室は」

店長が指をさした。カウンターの横にドアがある。

「鍵《かぎ》は」

「あいてます」

「そこで話をしよ」

北原、店長、店員、正木、四人が控室に入った。事務机がひとつと電話が一本、窓のない殺風景な部屋だった。机の陰にキャビネット型の金庫が据えつけてある。

「まず、名前から聞こか」北原が店長にいった。

「——小村、小村武《たけし》」観念したように店長は答える。

「年齢と現住所」

「三十二歳。豊中《とよなか》市北緑丘八の三の二八、長谷川コーポ一〇二」

正木はメモ帳に書いていく。

「はい、そっちは」

「佐藤秀郎《ひでお》です」店員はしおらしい。二十一歳。住所は吹田《すいた》市江坂町だった。

「あんた、バイトやな」

「週に二回だけです」佐藤は怯《おび》えている。答えるたびに頭を下げた。

「小村さん、いつから店長をしてるんや」北原が訊く。

「去年の九月」

「この店のオーナーは」

「さあ、誰やったかな……」

「呆《あき》れたな。オーナーも知らずに店長してるんかい。まさか、幽霊から歩合《ぶあい》をもろてるとはいわさんで」

「歩合なんかもろてへん。月給や」

小村は強く否定した。歩合を認めたら共同経営とみなされるからだろう。

「ほな、その月給を払うてくれるのは、どこの誰なんや」

「………」小村は俯《うつむ》いて答えない。

「調べたら分かることを隠すのは賢うないな。あっさり吐いたほうが、あんたのためやで」笑いながら北原はいう。

「高山さんいう人や。苗字《みょうじ》しか知らん」

「高山さんがオーナーね……。堅気《かたぎ》やないやろ」

「そんなこと、おれには関係ない」

「そうか、極道やな」北原はうなずいて、「毎日の売上はどれくらいや」

「………」小村はまた下を向いた。

「佐藤さん、売上は」北原は佐藤に訊いた。

「三、四十万やと思います」佐藤はいった。こちらはバイトだから口が軽い。

「それが利益かいな」

「利益は半分ぐらいです。店が負けるときもあるから」

「今日は月末の金曜や。もっと稼いだやろ」

「ええ、そのはずです」

「小村さん、ゲーム機と賭《か》け金は押収や。あんたは本署へ来てもらう」

「そんな、あほな……」

「あんたが堅気で、雇われの店長やったら起訴猶《ゆう》予《よ》になるかもしれん。あとはあんたの協力次第や」

起訴猶予の言葉を聞いて、小村の表情が一変した。そろえた膝《ひざ》に両手をつけて、

「おれ、高山さんのいうとおりに動いてるだけですねん。ほんまです」

「分かった。帳簿類と金をここに出してくれ」

小村は机の抽斗《ひきだし》から出納簿を出した。正木がとってページを繰る。一日ごとの金の出入りを記しただけの、とても出納とは呼べないような杜撰《ずさん》なものだった。

「その帳簿、週にいっぺん、高山さんに見せるだけやから」

つぶやくように小村はいって、金庫の前に屈《かが》んだ。ダイヤルを操作して扉を開ける。中からカステラの木箱を出してきて事務机に置いた。

北原は箱の蓋《ふた》をとった。札がぎっしり詰まっている。

「佐藤さん、数えてくれ」

佐藤は机の上で千円札と一万円札を分けた。数える。七十二万五千円だった。

北原は札をそろえて、

「現金はこれだけやない。店のほうにも換金用の金があるはずや」

「チッ」小村が小さく首を振る。

「佐藤さん、持ってきてくれるか」

佐藤は部屋を出て、すぐにもどってきた。手提げ金庫を木箱の横に置く。中の現金は二十六万二千円だった。

北原はコートの内ポケットから押収品目録と任意提出書を出した。目録に〝賭具・ポーカーゲーム機８台など一式〟〝賭け金及び準備金・９８７０００円〟と書き、任意提出書の提出物件欄にも同じように書いて、小村に差し出した。

「これを読んで相違がなかったら、あんたの職業と住所氏名を書いて判子を押してくれ。なかったら拇印《ぼいん》でもかまへん」

「職業、いうのは……」

「ゲームセンター『ポパイハウス』店長、や」

小村はいわれたとおりに書いて認め印を押した。

「よっしゃ、これでええ。そういう素直な態度が心証をよくするんやで」

北原は書類と現金を茶封筒に入れて、「おふたりさんは本署に来てもらう。車を用意するから、この部屋で待つんや」

正木に目配せをして腰を上げた。控室を出る。

戸倉と亮がカウンターのそばにいた。三人の客はしおたれて窓際《まどぎわ》のテーブルに並んでいる。

「こちらさんらの身元は」と、北原。

「聴取しました」戸倉が答える。

「えらい足止めして、すんませんな」

客に向かって北原はいった。「いまさら説教するわけやないけど、こういうゲームは純然たる賭博ですねん。これに懲《こ》りたら、二度と足を踏み入れんこと。後日、警察から連絡があったときは出頭してください。ほな、今日のとこは解散しましょか」

解散と聞いて、客は立ち上がった。亮がシャッターの通用口を開く。三人は逃げるように出ていった。

「さ、わしらもフケるか」

北原はささやくようにいって通用口をくぐった。

3

手袋をとって、扇町通りへ向かった。あたりに人影はない。灯の消えた路地を歩く。

「あのふたり、いつ気がつくかな」正木はいった。

「そろいもそろて間抜け面や。夜が明けるまで、あの部屋に座っとるわ」北原が笑う。

「高山とかいう極道にどやされるやろな」

「殴られてやっと眼が覚める。その程度の頭や」

「金はいくらあった」戸倉が訊《き》いた。

「九十八万や」

「ほう、そりゃいい」

「捜索令状はどないした」

「おれが持ってる」亮が答えた。

扇町通りを渡った。読売新聞社の裏手、野崎公園の脇道《わきみち》に北原のクラウンが駐《と》まっていた。周囲を見まわしてから、四人はクラウンに乗った。

「手帳を出せ。亮は令状もな」

北原にいわれて、戸倉、正木、亮は手帳と布手袋を出した。手帳は表紙に金文字で桜の紋章を入れ、〝大阪府警察〟と書いてあるだけの紛《まが》い物だが、中を見せてくれといわれたことは一度もない。むろん捜索令状もワープロで作った偽物《にせもの》で、仕事のあと、北原は必ず小道具を回収する。

「金を分けよ」

北原は茶封筒から札を出した。稼ぎの四割は北原、あとの六割を戸倉、正木、亮の三人で等分する。正木の取り分は十九万六千円だった。

「さ、無事終了や。ミナミへ行って焼肉でも食うか」北原はエンジンをかけた。

「おれはええ。腹減ってへん」と、正木。

「おれもいらんわ」亮もいった。

「次のヤマは」戸倉が訊いた。

「ひと月ほど間をあけよ。次は神戸か京都あたりでやるか」

「おれ、耳寄りな話を聞いたんやけどな」

正木はいった。「鰻谷にマンションカジノがあって、かなり大きな金が動いてるらしいんや。種目はビッグバカラで、最低のチップが五千円というから半端《はんぱ》な博打《ばくち》やない。こいつをやるのはどないやろな」

「マンションカジノか……」

北原はあごをひねった。「ビッグバカラのディーラーは少なくとも四人。カードを配るシューターがひとり、配当係がふたりに監視係がひとりや。そのほかにも見張り役がおる。みんな極道やから、こっちも命を張らんといかん。ヤバい。わしはようやらんな」

「おれはおもろい話やと思うけどな」

亮がいった。「けちなポーカー屋を何軒もやるよりは、いっぺんに荒稼ぎしたほうがええやないか。筋者《すじもん》は警察に弱いし、手帳でほっぺた張ったら、おそれいりましたと尻尾《しっぽ》丸める。……そういうたんはデカ長、あんたやで」亮は北原をデカ長と呼ぶ。

「おまえらはほんまの打ち込み（手入れ）を知らんから、そんなふうに思うんや。極道の賭場《とば》はゲーセンに毛の生えたポーカーゲーム屋とはものがちがうんやぞ」

「けど、手入れで刑事が撃たれたとか刺されたという話は聞いたことないがな」

「わしはもう現役やない。ヤバい橋は渡りとうないんや」

北原が兵庫県警を退職したのは十年前だ。二十歳のときに採用試験を受け、高砂に六年、姫路に九年いて、主にマル暴を担当し、巡査部長で辞めたという。

「ヤバいのはゲーム屋もいっしょや。この半年で四軒やぞ。いつか顔が割れる」

「ゲーム屋には組合もないし、横の連絡もない。賭場荒らしにやられたてなことが噂《うわさ》になってみい、馴染《なじ》みの客はみんな逃げてしまうんや」

北原は舌打ちして、「ちまちま地道に稼いだらええ。キタ、ミナミ、アベノ、京橋、十三《じゅうそう》……、大阪だけでもゲーム屋は何十軒とある」

「おれはやりたいな。正木がせっかく仕入れてきたネタを捨てる手はないやろ」

亮はあきらめず、「あんたはどうや」と、戸倉に訊く。

「おれはどっちだっていい。大きな金が動いてるってだけじゃ命は張れない」

「おれと正木がカジノの下見をする。それで見込みがあったらええんやろ」

「だったら、あんたにのってもいい。ヤクザは怖いが、まとまった金は欲しい」

「というこっちゃ、デカ長。賛成三に反対一。多数決やで」

「勝手にさらせ。おまえら三人でやらんかい」

「そら無理や。あんたがいてなかったらできへんがな」

「…………」北原は黙って横を向く。

「よし、決まったな。正木とおれで下見をする」

亮はドアを開けて外へ出た。正木も車を降りる。

「一週間中に連絡せい」

北原がいって、クラウンは走り去った。

「戸倉のやつ、北原の味方せんかったな。珍しいこっちゃ」と、亮。

「あいつも金が欲しいんや。なんぼヤマ踏んでも、たったの十九万ではな」

女の問題で警察を辞めた北原は警備会社に入った。十年勤めて主任になり、そこへ戸倉がきた。ふたりは尼崎の競艇場で警備をしていたが、予想屋から金をもらっていたことがばれて馘《くび》になった。それからはふたりとも道を逸《そ》れたまま、トラックの運転や工事現場の警備で日銭を稼いでいる。戸倉の年齢は四十前、埼玉あたりの生まれで、十年ほど自衛隊にいたらしいが、関西へ流れてきた経緯は聞いたことがない。戸倉は北原が住む西淀川の市営住宅の近くにアパートを借りている。

「それで、マーちゃん、鰻谷はいつ行く」

「明日はどうや。土曜日やし、客が多いやろ」

「一見《いちげん》で入るつもりか」

「まさか。宗右衛門町のスナックや。そこのママが常連らしい」

「何時にどこで会う」

「八時、キリンビルや。一階に茶店《さてん》がある」

「金、足りるか。今日の稼ぎで」

「勝ったらええんや。百万ほど勝ったろ」

「おまえにゃ負けるわ」

「これからどうする、帰るか」

「ミナミへ行こ。アメ村や。朝の始発まで時間をつぶしたい女がひっかかる」

亮は笑った。むかし、族のころにやっていたシンナーで歯が虫食いになっている。

4

女はひっかからなかった。七時まで飲んで、鶴橋《つるはし》の亮のアパートにころがり込んだ。炬燵《こたつ》にもぐって眠り、眼が覚めたときは窓の外が暗くなっていた。

「おい、起きんかい」亮の肩を揺すった。

「おう、夜やな。キリンビルへ行かなあかん」亮は寝ぼけている。

「行って、誰に会うんや」

「そうか、おまえに会うんやった」

亮は這《は》っていって、押入れの戸を開けた。菓子缶を出してきて、「やるか」と、蓋《ふた》をとった。中にフィルムケースが三つ、煙管《きせる》やスプーンもある。

「なんや、シャブか」

「そんな時代遅れなもん、せえへんわい」

亮はフィルムケースから錠剤を出した。「胃がからっぽやから、よう効くで」

少し柔らかな錠剤はエクスタシーだった。正木もやったことがある。

「こんなもん、どこで手に入れた」

「おれの連れに売人がいてる。金さえあったら、なんぼでも買えるわ」

亮はナイフで錠剤をふたつに切った。

「こいつは効いてる時間が長い。半分ずつにしとこ」そういって、口に放り込んだ。

正木も服《の》む。

座布団《ざぶとん》を枕《まくら》にして眼をつむった。こんなふうに睡眠薬ばかりやっていたころを思い出す——。

亮と知りあったのは加古川の少年院だった。同じ房に入ってウマが合い、いつもいっしょにいた。出所してからも連絡をとりあい、亮は五年前に大阪へ出てきた。ふたりとも定職についたことはなく、フリーターで食っている。

北原は亮を少年院に入れた張本人で、亮の出所後も職を世話したりして面倒をみたらしい。それが縁で、正木は北原たちの仕事に誘われた。

三十分ほど経《た》って、胸が熱くなってきた。軽い吐き気、汗が出る。なにかしら楽しくてしかたない。手足の筋肉が硬くなり、歯を食いしばる。気分が高揚し、なんでもできるような感じがする。本来は抗鬱剤《こううつざい》であったエクスタシーの薬理効果だ。

「おれ、やりたいな」

「やろ。抜きに行こ」

部屋を出た。体が軽い。風が冷たいのに寒くない。これもクスリのせいだろう。

バス通りでタクシーを拾った。

ミナミ、道頓堀《どうとんぼり》。ヘルスを出たら、顔にぽつりときた。

御堂筋《みどうすじ》を渡って宗右衛門町に入った。午後九時。雨が降りはじめたせいもあって、人通りはそう多くない。

スナック『アンジュ』はすぐに見つかった。『日豊ビル』という真新しいパールホワイトのテナントビルの六階、袖《そで》看板に灯が入っている。

エレベーターを降りて、亮はワッチキャップをかぶった。正木はレンズに薄く色のついた眼鏡をかける。

ブロンズ色のドアを引いた。短いカウンターと小さなボックスがひとつあるだけの狭い店だった。女がふたり、客は小肥《こぶと》りの五十男がひとりだけ。演歌が流れている。

「いらっしゃいませ」ピンクのワンピースがいった。

「初めてやけど。田中さんに聞いてきたんや」

「田中さん？　どちらの……」白のジャケットが訊いた。

「ほら、あの建築関係の」

「三輪アルミの田中さん？」

「そう、三輪アルミや」

「どうぞ、どうぞ、かけてください」

亮とふたり、カウンターに腰を下ろした。

「ボトル入れて。バーボンや。水割りにしてもらおか」

「おおきに。ありがとう」

白のジャケットがママのようだ。ショートカットの赤い髪、切れ長の眼、尖《とが》り気味のあご、けっこう年を食っている。まだ四十にはなっていないだろうが、二十年は水商売をしているといった感じだ。

「葉子《ようこ》です。この子は有紀ちゃん。お名前、聞いていいかしら」

「おれは橋本、こいつは土井や」

「よろしく」葉子はボトルを置いて、グラスと氷をセットした。「田中さん、しばらく来ないのよ。元気かしらね」

「元気やで。こないだまで同じ現場をやってた」話を合わせた。

「あら、そう。忙しいんや」葉子はまるで疑っていない。

「それで、おれ、東京へ出張したんや。向こうの連れに、六本木におもしろいとこがあるといわれてついていったら、なんと、カジノバーやないか。ルーレットからブラックジャック、バカラまでそろてる。きれいなミニスカートのおねえさんが、タダで酒を運んでくれるんや。おれは博打好きやし、やったがな。ルーレットや。あっというまに三万スッた。連れも負けてる。悔しいわ。夜中まで粘ったけど、スッカラカンになってしもた。近いうちに、また六本木へ行って、勝負したるねん」

「へーえ、東京には大きなカジノがあるんやね」

葉子はグラスに氷を入れてバーボンを注ぐ。「遊んだのはルーレットだけ？」

「あんなもんは最初だけや。カジノの本筋はバカラやで」

煙草《たばこ》をくわえて、「けど、カジノはおもろいわ。ママも行ってみたらええねん」

水を向けた。葉子はもうひとりの客のようすをうかがいながら、

「わたし、ときどき行くんよ」小さくいった。

「ほう、そうかいな。ミナミに？」

「こぢんまりしたとこやけどね」

「暇なとき、連れてってや」

「うん……」思わせぶりに、葉子はうなずいた。

5

ボトルが空いた。カラオケと煙草で喉《のど》が痛い。

小肥りの客はとっくに帰った。女の子も一時すぎに帰って、店にいるのは三人だけになった。葉子も飲んで、けっこう酔っている。

「そろそろ時間やな」あくびをした。

「どこかゲーセンでも行こか」と、亮。

「それより、ママ、さっきいうてたカジノバー、教えてや」

「あかん。教えられへんのよ」

「なんで……」

「そこはバーやないねん。カジノだけ。見つかったら、これやもん」

葉子は両手首をくっつけて、「わたしがいっしょに行くんやったらいいけど」

「ほな、行こうや、これから。警察なんぞ知ったこっちゃない」

「そうやね。あんたら刑事やないもんね」

葉子もその気だったらしい。グラスと皿を片づけて、帰り支度をはじめた。「先に出て、下で待ってて」

勘定を払って店を出た。五分後に、ミンクのコートを着た葉子がエレベーターから降りてきた。

「けど橋本さん、お金はあるの」

「おれはママ、素人《しろうと》さんやないんやで。五万や六万の金で博打をするかい」

玉屋町を北へ向かった。帰路をいそぐホステス、ほろほろ歩く酔客。一方通行路は違法駐車の車でいっぱいだから、タクシーが来るたびに立ちどまってやりすごす。

十分あまり歩いて鰻谷。葉子は三協銀行前の雑居ビルに入った。一階の炉端とショットバーは閉まっている。ホールを抜けて、停まっているエスカレーターを上がり、突きあたりのエレベーターに乗る。葉子は四階のボタンを押した。

「いかにも闇《やみ》カジノいう雰囲気やな」亮がいう。

「話はわたしがするし、黙っててな」

エレベーターを降りた。正面にがっしりしたローズウッドのドア。真鍮《しんちゅう》のプレートに《会員制》とだけ書いてある。廊下の天井に監視カメラはない。

葉子がドアを開けた。中にもう一枚、オリーブグリーンの鉄扉《てっぴ》。眼の高さにカメラが取り付けられている。

葉子はレンズに顔を向けて、インターホンのボタンを押した。

――こんばんは。このふたり、うちのお客さんです。

カチャッと錠が外れてドアが開いた。黒いスーツの若い男だ。

「いらっしゃいませ」と、慣れた物腰でいう。

中に入った。思ったより広く明るい。ライトグレーの壁、黒い人造石のフロア、ひとむかし前のディスコふうの内装だった。以前はクラブかラウンジだったのだろう、どっしりしたカウンターの後ろにガラスキャビネットがしつらえてある。奥の一段高くなったステージにブラックジャックテーブル、こちらの十坪ほどのスペースにビッグバカラテーブルを据えている。客はみんなバカラテーブルのまわりに座っていた。ディーラーは四人。北原がいっていたように、シューターがひとり、配当係がふたりに監視係がひとりだった。さっきの黒スーツは見張り役らしい。

「みんな極道やで。ひと癖ありそうな顔しとる」亮が耳もとでささやいた。

客は男が八人に女が四人。男は土建屋、街金《まちきん》の営業員、証券マンに鮨《すし》屋のオヤジといったふうな雑多な連中で、女は四人とも水商売だ。

葉子はコートを脱いで壁際《かべぎわ》のハンガーにかけた。正木と亮もジャケットをかけて、テーブルのそばへ行く。

「座る？」葉子がいった。

「いや、ちょっとようすをみるわ」

葉子が8番の席に座った。正木と亮は後ろに立つ。

2番の女と12番の土建屋ふうがチップを積み上げている。チップは二種類で、赤黒の斑《まだら》模様と、真ん中に金のメタルをはめた白のチップだ。赤黒は一枚が五千円、白は二万五千円だと葉子がいった。すると、土建屋はテーブルに百万以上の金を積んでいることになる。

「プレイヤー5、バンカー2」

シューターが二枚のカードをオープンし、フェイスダウンカードをプレイヤー側の張り客とバンカー側の張り客に一枚ずつ配った。フェイスダウンカードをめくる権利は、その場でいちばん多くのチップを賭《か》けた客にある。

プレイヤー側の土建屋とバンカー側のクラブママがじわじわと三十秒ほどかけてカードをめくった。そうして、オープンしたカードをシューターに放る。

「7。プレイヤー、2」

「6。バンカー、ナチュラル」

おう、と場がざわめいた。エイト・ナチュラルでバンカーの勝ち。配当係がプレイヤーのチップを回収し、バンカー側の客につけていく。

葉子がバッグから五万円を出して配当係に渡した。十枚の赤黒チップが8番の枠に置かれる。

「あんたらもチップをもらったら」

「そうやな」正木は十万円を出した。亮も十万出す。

「ママ、どっちに賭ける」

「わたしはプレイヤー」

「ママにのるわ」

二枚のチップを葉子に預けた。

6

「客ひとりが五十万ずつ持ってると考えて、十二人で六百万。それにカジノの廻銭《かいせん》が三百万で、九百万は堅いと思う。こいつはおいしいで」

「ディーラー四人、見張り役が一人やな」

「監視係が三十半ば。あとは二十代や」

「ナイフとかチャカは」

「スーツを着た見張り役だけやろ。ディーラーは持ってへん」

四人ともワイシャツに黒のズボンだった。ポケットに妙な膨らみはなかった。

「やってる曜日と時間は」

「木、金、土の夜や。十二時ごろにはじまって、朝の九時ごろに終わる」

葉子の話では、三、四カ月で場所が変わるという。ミナミの雑居ビルを転々としているらしい。「おれのカンでは、胴元は川坂会系の猩々会《しょうじょうかい》か陵南連合とちがうかな」

「客は堅気か」戸倉が訊《き》いた。

「バッジはつけてなかったけど、筋者らしいのがひとりいてた」亮が答えた。

「カメラで顔を見てからドアを開けるんだな」

「おれらの顔はきっちり売っといた。なにも怪しまれてへん」

そう、ふたりで二十万スッたのだ。

「よっしゃ、やろ」

北原はうなずいた。「大勝負や」

「いつや。いつやる」亮が訊く。

「今週の土曜や。集まる時間はまた連絡する」

北原は煙草を消し、コーヒーを飲みほして立ち上がった。

7

三月七日、土曜――。

午前三時、北原のクラウンに乗って鰻谷へ走った。長堀通りのガソリンスタンドに車を駐《と》めて最後の打合せをする。

「正木と亮は先にビルへ入れ。一分後に、わしと戸倉が入る。四階に集合したら、正木と亮がドアを開ける。監視カメラに映るのはふたりだけや。内側のドアが開いたら、見張りを突き飛ばして中に入れ。『警察や』と大声でいうて、手帳を提示せい。わしと戸倉はその隙《すき》にカジノへ入る。見張りが邪魔するようやったら、遠慮はいらん、警棒で殴り倒せ。まちごうてもチャカや刃物を構えさせたらあかん。あとはわしが場を仕切るから、いつものように動くんや」

「金はどないする。テーブルにあるのはチップだけやで」亮がいった。

「おまえはまず廻銭箱を確保するんや。それから客をテーブルのまわりに立たせる。ポケットの中身をテーブルに出させて、正木とふたりで身体検査。必ず金を隠してるから、パンツの中から靴の先まできっちり調べる。所持品が出そろったら、現金を本人に数えさせて、押収《おうしゅう》目録に書き込め。カード類は奪《と》るな」

「客とディーラーをいっしょにしとくのはまずいで」

正木はいった。「けど、控室がないんや」

「カウンターの奥に厨房《ちゅうぼう》があるやろ。ディーラーはまとめて厨房に押し込む」

「客がもし、逃げようとしたら」

「出入口は一カ所やろ。そこは戸倉が固めるんや」

北原はいって、グローブボックスから拳銃《けんじゅう》とホルスターを出した。戸倉に渡す。

「重い。本物か」戸倉の驚いた顔。

「警察庁ご用達《ようたし》のブローニングや。ただし、引鉄《ひきがね》ひいても弾は出えへん」

「ガキのおもちゃにしちゃ、よくできてる」戸倉はホルスターから銃を抜いてスライドを引く。ウインドーの外に向けて、バンッと撃ってみせた。

「以上や。なにか気がついたことは」と、北原。

「おれ、ふるえるわ」亮がいった。

「かまへん。ふるえたらええ。打ち込みのときは、本物の刑事も小便ちびるんや」

北原は低く笑って、「ええな、抵抗するやつはぶちのめせ。そのための警棒や」

三時二十分、車を降りた。亮とふたり、南へ歩く。一、二分でビルの前に着いた。あたりに人影はない。

「行くぞ」声がかすれた。

ホールを抜けた。エスカレーターを上がる。ゆっくり歩け、と自分にいいきかす。

エレベーターに乗った。亮がボタンを押す。四階の廊下は静まりかえっていた。

北原と戸倉は一分後に階段を上がってきた。眼を見合わせて、うなずく。

布手袋をつけ、眼鏡をかけた。服装は四人ともポパイハウスを襲ったときと同じだ。特殊警棒を右手に握り込んだ。革のストラップを手首に巻きつける。重さは一キロ、ひと振りで三段に伸び、五十センチの長さになる。

右手を後ろにまわしてドアを開けた。レンズに顔を向けてインターホンを押す。

――はい。

――すんまへん。やってますか。

錠が外れた。ドアが開く。男が顔をのぞかせた。

瞬間、肩から突っ込んだ。「警察や」亮が叫ぶ。

男ともつれあって床にころがった。壁にぶつかり、ハンガー掛けが倒れる。甲高い悲鳴が聞こえた。「このガキッ」男の拳《こぶし》が鼻をかすめた。警棒を叩《たた》きつけたが躱《かわ》される。男は反転し、ハンガーをつかんだ。正木の顔を狙《ねら》って突き出してくる。亮の警棒がハンガーを弾《はじ》き飛ばし、ガツンと鈍い音がして男は横倒しになった。

「動くな。警察や」北原と戸倉が後ろにいた。北原は手帳をかざして、

「そのまま、じっとしとけ」と、進み出る。

正木は壁に寄りかかって立ち上がった。黒スーツの男は散乱したコートに埋まり、抱え込んだ頭から血が流れている。「くそボケ」男の背中を思い切り蹴《け》り上げた。

「一斉検挙や。外は捜査員が固めてる」

北原は低く、よく通る声でいった。「指示に従わんやつは、もうひとつ公務執行妨害という罪名がつく」

それでようやく事態を呑《の》み込んだのか、客が騒ぎだした。うろたえて椅子《いす》ごと倒れる男もいれば、テーブルのチップをバッグに詰め込む女もいる。四人のディーラーは黙って立っているだけ。

「静かにせんかい。祭りは終わった」

北原はテーブルのそばへ行って、「常習賭博《とばく》及び賭博場開張等図利《とり》、賭博場開張幇《ほう》助《じょ》容疑で捜索する。これが令状や」封筒を監視係に渡した。

「しかたおまへんな。よろしゅう頼みますわ」

ひとごとのように監視係はいう。封筒の中を確かめようともしない。

「あんた、名前は」

「佐々木いいます」パンチパーマに縁なし眼鏡、左のこめかみから眼尻《めじり》にかけて削《そ》いだような傷痕《きずあと》がある。

「佐々木さんよ、チャカやヤッパは隠してへんか」

「そんな物騒なもんは持ってまへん」佐々木は肩をすくめて手を広げる。

そのやりとりで気づいたのか、亮が黒スーツの身体《からだ》を探った。ベルトの後ろから抜き出したのはハンティングナイフだった。革製の鞘《さや》の長さからみて刃渡りは二十センチ以上ある。

「銃刀法違反も追加やな」北原がいった。

「そうでっか」佐々木はにやりとする。

亮はハンティングナイフを戸倉に放った。戸倉は受け取って、カメラバッグに入れる。

「ほら、立たんかい。いつまで寝とるんや」

亮は黒スーツの襟首をつかんで引き起こした。男は四つん這《ば》いになったが、腰が入らない。そのまま前に突っ伏した。

「佐々木さん、若い衆の面倒を見たりいな」

北原がいうと、佐々木は首筋をなでながら黒スーツのそばに行って、

「あほんだら」いきなり、腹を蹴りつけた。黒スーツはころがって亮の脚にしがみつき、血に染まった頭を振ってよろよろと立ち上がる。それまでざわめいていた客が水を打ったように静まった。

「はい、写真」戸倉がカメラを構えた。つづけさまにフラッシュが焚《た》かれる。

「ディーラーは厨房へ入れ。客はそのままや」

撮影が終わるのを待って、北原はディーラー四人と黒スーツを厨房へ追いたてていった。亮と正木は客をバカラテーブルのまわりに立たせる。男が九人と女が三人。男のうち二人は、先週ここにいた客だ。

「刑事さん、わたしら逮捕されるの」ビーズのセーターの女がいった。

「取調べはする。捜査に協力的で常習でなかったら、罰金刑ですむかもしれん」

それらしく亮が応じる。

「わたし、常習とちがうよ」

「誰でもそういうんや」亮はテーブルの下からボストンバッグを取り出した。それが廻銭箱らしい。開いたファスナーの隙間から一万円札がのぞいている。

「さ、みなさん、所持品を出してテーブルに置くんや。財布、現金、ハンドバッグの中身もな」

「今日はわるい予感がしたんや」

観念したのだろう、客は口々に文句をいいながらも指示どおりにする。

「あとで身体を調べるからな。そのときに金や財布が見つかったらどういうことになるか、よう考えるんやで」

亮がいうと、男の何人かがベルトを外してズボンの中に手を入れた。かがんでスカートをたくしあげる女もいる。あっさり五十枚ほどの万札が出てきた。

「このお金、返してくれるんやろね」さっきの女がいった。

「賭場の賭《か》け金は、原則として没収や」

「財布のお金は、まだ賭けてへんやないの」

「その判断は検事がする。我々は押収するだけや」

——と、そのとき、インターホンが鳴った。

「なんや……」正木は振り返った。ドアのそばに監視カメラのモニターがある。戸倉がモニターを覗《のぞ》いた。こちらを向いて手招きする。

正木と亮は戸倉のそばに行った。モニターのブラウン管に男と女が映っている。

「どないする」

「放っとこ」

「あかん。客が怪しむ」

「しかし、こいつらを入れたらややこしいぞ」

「適当にあしろうて追い払え」

戸倉がインターホンの受話器をとったとき、奥でガタンと音がした。見ると、客のひとりがバカラテーブルの上に立ってライターの火を天井に向けている。

なにを……。思った瞬間、眼の前が真っ白になり水煙に包まれた。滝のように降り注ぐ水、響きわたるベル。

「くそっ、スプリンクラーや」亮の声が噴き出す水の音に消される。

正木は水煙の中を走った。テーブルの上の札をかき集めてポケットにねじ込む。客が叫びながら逃げていく。亮がボストンバッグに金を詰める。厨房からディーラーたちが出てきた。ドアに向かって走る。水に濡《ぬ》れた札はテーブルから剥《は》がれない。正木は咳《せ》き込みながら札を剝ぎとる。

「ばかやろう。逃げるんだ」

戸倉の声で我にかえった。亮と戸倉のほかには誰もいない。

「北原は」

「厨房や」

カウンターを飛び越えて厨房に入った。北原が倒れている。コートの脇腹《わきばら》に包丁が刺さっていた。

「亮、来てくれ」

大声で呼んだ。包丁を抜いて、北原を抱え起こす。「大丈夫か」

北原は呻《うめ》くだけ。白いタイルの床に鮮血が広がっていく。

亮と戸倉が来た。床の血に気づいて立ちすくむ。

「刺されたんや。そっちを持て」

北原の腋《わき》に肩を入れた。亮とふたりで抱え上げる。厨房を出た。水はまだ降り注いでいる。戸倉がバッグを持ってドアを開けた。

北原を引きずるようにして廊下に出た。血と水がしたたり落ちる。エレベーターのボタンを押したが、一階に停まったまま上がってこない。

「階段や」亮がいった。

「くそったれ」北原のベルトをつかんで階段を降りる。重い。

8

一階、エントランスホールに出た。北原が呻く。いっそ死んでしまえば足手まといにならないのに。

と、ビルの外から男が五、六人、走り込んできた。みんな丈の長いコートを着て、袖口《そでぐち》と裾《すそ》が光を反射する。消防士だ。

「現場は何階ですか」先頭の男がいった。

「四階だ」戸倉が応じた。

「火は」

「まちがって報知器とスプリンクラーが作動した」

「負傷してますね」消防士は北原に眼をやった。

「大したことはない。水をかぶって、ころんだ」

「服が血だらけやないですか」

「なんでもない。そこをどけ」

「病院へ運びましょう」

「おれたちが運ぶ」

「いったい、なにがあったんです」

「なにもない。邪魔だ」戸倉が踏み出した。

「わけを聞きましょ。でないと、通せません」消防士が立ちはだかる。

「こいつら……」

戸倉の声が凄味《すごみ》を帯びてきた。右手をカメラバッグに入れる。バッグの中には黒スーツから奪ったハンティングナイフがある。

あほ、やめとけ。とめようとしたとき、消防士たちの向こうに赤い光が見えた。回転灯をつけたパトカーがビルの前に停まる。ドアが開いて警官が降りてきた。

「どけッ」戸倉が消防士のひとりを突き飛ばして外に走り出た。警官が戸倉を追う。

「あかん……」亮がいった。

「これまでやな」正木もいった。

「ポーカー屋だけにしときゃよかった」

「欲をかいてしもた」

「逃げよか」

「ああ」

北原を棄《す》てて、右と左に走りだした。

解説

権田萬治

黒川博行《ひろゆき》は、関西在住の実力豊かな推理作家である。

二度佳作になったサントリーミステリー大賞を三度目の正直で一九八六年に『キャッツアイころがった』で受賞。以来、安定した筆力で、次々と話題作を発表、九六年には『カウント・プラン』で推理作家協会賞の短編部門賞を受賞している。

黒川ミステリーの魅力は、まず第一に、一作ごとに新しい題材に挑み、趣向を凝《こ》らしていることである。初期のユーモラスな警察小説からサスペンス小説、ハードボイルドタッチの犯罪小説へと変化する過程で、題材も登場人物も大きく変貌《へんぼう》している。

大賞受賞作には、美大の女子学生二人の探偵コンビが登場、この二人がとても楽しいし、インドを舞台に取り入れている点も新鮮だったが、その後の長編では次第に題材や舞台に、余り知られていないアンダーグラウンド的な世界や倒錯した人物が数多く登場して来る。

例えば、『アニーの冷たい朝』（九〇年）では、異常な連続殺人犯、『封印』（九二年）では、パチンコ業界や釘師《くぎし》、『疫病神《やくびょうがみ》』（九七年）では産業廃棄物問題などが取り上げられ、『国境』（二〇〇一年）では、近くて遠い国、北朝鮮と日本を舞台に、十億円もの巨額詐欺《さぎ》の実行犯とその黒幕を追跡するドラマが展開する。

第二の魅力は、いかにも関西作家らしい粘っこく、丹念な作品作りにもかかわらず、どこかユーモラスな味があって、読みやすいことである。その傾向は、特に、初期の『二度のお別れ』（八四年）、『雨に殺せば』（八五年）、『海の稜線《りょうせん》』（八七年）など一連の警察小説に色濃く漂っているが、刑事などの捜査コンビ、トリオがそれぞれ独特の持ち味で面白い。

第三に、特に業界の裏面や、犯罪者の世界の取材、調査が実に綿密で行き届いており、描かれる世界に濃密なリアリティが感じられることである。『封印』のパチンコ業界にしても『国境』などに描かれている北朝鮮の実情などにしても、いかにも本当に思える現実感がある。

これらの黒川ミステリーの優れた点は、そのまま、短編にも当てはまるわけだが、短編にも、警察小説から犯罪小説へと次第に変化する過程が反映しているように思える。

処女短編集の『てとろどときしん　大阪府警・捜査一課事件報告書』（九一年）は、副題からも明らかなように警察小説の短編連作だが、推理作家協会短編賞を受賞した表題作など五つの作品を収録した短編集『カウント・プラン』（九六年）は、心を病んだ異常な人間に光を当てながら、結末の意外性を盛り上げることに工夫を凝らしており、いずれも水準の高い作品ばかりである。

暴力団の組長を誘拐《ゆうかい》するという設定の長編『迅雷《じんらい》』（九五年）あたりから、警察小説的な傾向から暴力団がらみの犯罪や小悪党の犯罪を犯罪者の視点から描く犯罪小説へと作品の傾向が変化して来るが、短編集『燻《くすぶ》り』（九八年）には、そういう色彩が目立つようになっている。

さて、最新短編集の本書『左手首』（〇二年）には、表題作をはじめ小説新潮に掲載された七つの短編が収録されているが、『燻り』に見られた犯罪小説的な傾向が一段と深化し、より非情で残酷な視線が強まっているように思える。

その意味で注目されるのは、何といっても表題作の「左手首」（九七年十月号）である。

「死体の処置といえば、殺人者の大部分がこの悩みを持っている。（中略）実際、これくらい始末に負えないものはない」とは松本清張の「推理小説の発想」の中の言葉である。

そのため、多くのミステリーが死体処理のトリックに工夫を凝らしている。清張の作品でも薬物で溶解するなど、いくつものトリックが使われているが、現実の殺人事件では、死体をバラバラにしてそれらをそれぞれ分散して別の場所に捨てるという方法が圧倒的に多い。新聞やテレビで「バラバラ殺人事件」として派手に報道されるものである。

この方法は、単純で古典的でもあるが、ミステリー的にいうと、残酷でグロテスクで読者の恐怖心を誘い、猟奇趣味をかき立てる設定でもあるので、これまでも数多くの推理小説で取り上げられている。

高木《たかぎ》彬光《あきみつ》の『刺青《しせい》殺人事件』（四八年）や宮部みゆきの『火車《かしや》』（九二年）などがその一例である。

そんなわけで、黒川博行も『切断』（八九年）と『ドアの向こうに』（同）の二つの長編でバラバラ殺人事件を扱っているが、いずれも、扱いが一ひねりされていて、ひと味違った作品になっている。

「左手首」もその意味では、共通している面はあるのだが、決定的に違うのは、二つの長編が「バラバラ殺人事件」という事件全体に光を当てているの対して、「左手首」

という短編は、むしろ、犯人の側から、死体をバラバラにする作業とその時の心理を生々しい形で描き出すことに主眼を置いている点にある。

死体をバラバラにする作業ほど、恐ろしく、残酷で、吐《は》き気《け》を催すものはないだろう。「左手首」はそういうおぞましい作業を非情に描いており、まさにロマン・ノワールといった趣《おもむき》がある。これまでの作品にない、迫力に富む一編といえよう。

この「左手首」をはじめ、この短編集に収録されている作品の主人公の多くは、小悪党ともいうべき連中で、一攫千金《いっかくせんきん》を夢見て犯罪を実行してみるが、さて、その成果は？　となると、はなはだ頼りない。

プロのやくざか、警察がかれらの夢の前に情け容赦《ようしゃ》なく立ちはだかるのだ。

素人衆を集めた賭場《とば》を襲撃する「内会《ないがい》」（九七年六月号）にしても、自分の店を手に入れるためマルチまがい商法で大金を稼いだ夫婦の家を狙《ねら》う「徒花《あだばな》」（〇一年七月号）にしても、また、違法賭博をやっているゲームセンターを退職刑事を仲間に急襲する「冬桜《ふゆざくら》」（九八年三月号）にしても、犯罪を計画、実行する連中は、どこか生活に疲れ、もの悲しい。

非情な結末に漂う、人生の悲哀といったものが、これらの作品に独特の味わいを与えているように思う。

「帳尻《ちょうじり》」（〇一年十一月号）は、詐欺犯罪を描いた、海外でいうコン・ゲーム小説である。con gameというのは、confidence gameのこと。人を信用させて騙《だま》す、信用詐欺を意味する。海外にはジェフリー・アーチャーの『百万ドルをとり返せ！』（七六年）など数多くの作例があるが、日本には少ない。

作者には、美術界の内幕をえぐる『絵が殺した』（九〇年）などの長編や、連作短編集の『文福茶釜《ぶんぶくちゃがま》』（九九年）などの作品があり、この「帳尻」には、氏の芸大卒の経歴でもうかがえる美術界の知識もちりばめられているが、ホストクラブ出身の占い師という人物設定が実にユニークで面白い。本短編集の中では、魅力的な作品の一つだ。

「解体」（九九年三月号）は、作者の取材、調査能力の豊かさを感じさせるものといえる。

自動車の解体、修理と損保との関係など、普通の人が余り知らない業界の裏面が取り上げられていて、びっくりする。

医療廃棄物投棄をたねに恐喝を計画する「淡雪《あわゆき》」（〇一年三月号）にも読者は同じような面白さを感じることだろう。

このように本短編集『左手首』には、関西在住の黒川博行の作家的実力が見事に発揮されており、どれから読んでも面白く、楽しめる。

なお、余談だが、黒川博行には『麻雀放蕩記《マージャンほうとうき》』（九七年）というギャンブル小説の連作短編集もある。これは、氏のギャンブルの楽しみを綴《つづ》ったもので、むしろエッセイ的な要素が強い。そういう理由で、この解説では小説としては触れないが、推理文壇での噂《うわさ》によれば、阿佐田哲也亡《な》き後、文壇麻雀ギャンブラーの三強は白川道《しらかわとおる》、藤原伊織《いおり》、そして黒川博行であるといわれている。

私は、推理作家協会の麻雀大会で二回優勝したことがあるが、まったくの小心者で、ギャンブラーではまったくない。したがって、黒川氏とは対戦したことがないので、氏のその方面の実力は知らないが、氏の本短編集『左手首』でも、ギャンブルのことが二つの作品で扱われているのは、氏のこの方面への関心が並々ならぬものであることを物語っているのではないかと思っている。

（二〇〇四年十二月十九日、文芸評論家）

この作品は平成十四年三月新潮社より刊行された。

左《ひだり》　手《て》　首《くび》

新潮文庫　く－18－4

平成十七年二月一日発行
令和六年一月二十日九刷

著者　黒《くろ》川《かわ》博《ひろ》行《ゆき》

発行者　佐藤隆信

発行所　株式会社　新潮社

郵便番号　一六二―八七一一
東京都新宿区矢来町七一
電話　編集部(〇三)三二六六―五四四〇
読者係(〇三)三二六六―五一一一
https://www.shinchosha.co.jp

価格はカバーに表示してあります。

乱丁・落丁本は、ご面倒ですが小社読者係宛ご送付ください。送料小社負担にてお取替えいたします。

印刷・大日本印刷株式会社　製本・加藤製本株式会社

ISBN978-4-10-137014-9 C0193